Louisa Méonis est une passionnée. De lecture, bien sûr, de romances, surtout, mais aussi de fromage et de charcuterie. Après avoir fait ses preuves en tant qu'auteure de romance contemporaine, la voilà qui nous propose une envolée vers la *bit-lit* dans une série bourrée d'amour, d'action, d'humour et de *loose*, comme elle sait si bien le faire.

Du même auteur, chez Milady :

Betty Angel :
1. *La mort me va si bien*
2. *La Mort dans ma peau*
3. *La Mort est ma raison de vivre*

Louisa Méonis

La mort me va si bien

Betty Angel – 1

Emma

Milady est un label des éditions Bragelonne

Ce roman a été précédemment publié en numérique
dans la collection Emma.

ISBN : 978-2-8112-3964-0

Bragelonne – Milady
60-62, rue d'Hauteville – 75010 Paris

E-mail : info@milady.fr
Site Internet : www.milady.fr

À Benjamin, mon grand garçon, futur écrivain et testeur de blagues pourries.
À Élise, ma princesse qui me rappelle toujours que rien n'est plus beau que l'amour vu par l'innocence de l'enfance.
Et à Mathilde, ma coécrivaine qui a attendu sagement la fin de l'écriture de Betty pour pointer le bout de son nez.

Prologue

Une voix douce, masculine, et quelques notes de musique bien placées résonnent dans mon cerveau encore ensommeillé. *Il semblerait que Mika et sa chanson* Grace Kelly *me murmurent qu'il est l'heure pour moi de me réveiller…*

Je souris et m'étire tel un gros chat après une longue sieste sans prendre la peine d'ouvrir les yeux.

Aujourd'hui, ça va être *The Day of my life*!

Je bats des pieds, pleine d'énergie et de bonnes ondes quant à la journée qui m'attend. Ma couette bondit. L'air frais s'engouffre dans le lit. Les poils de mes mollets se redressent fièrement, pour me rappeler qu'il serait peut-être temps que je les rase avant de me transformer en yéti. Je m'imagine un instant recouverte entièrement de poils, trouve l'image bizarre et m'interroge mentalement sur le pourquoi du comment de ma ressemblance avec Paddington, l'ourson *so british*.

Je secoue la tête pour éloigner cette image de mon esprit et me mets finalement joyeusement à chanter avec Mika – sauf que moi, je chante en yaourt, faux et avec une voix étrangement nasillarde ! Mais peu importe, cela ne fait que renforcer ma bonne humeur, qui de toute manière ne disparaîtra pas de sitôt.

Il y a des jours comme ça, où dès le réveil, on sait que sa journée va être extraordinaire. Et aujourd'hui, nous sommes ce jour. Je le ressens dans toutes les cellules graisseuses de mon corps. Je dirais bien « fibres », mais je crois que chez moi c'est le gras qui prédomine dans mon organisme. Enfin bref, j'ai une pêche d'enfer. Et je n'ai même pas encore ouvert les yeux !

Cette journée va marquer un tournant décisif dans ma vie ! Je le sais, je le sens…

Et comme pour me donner raison, Mika laisse sa place à Cee Lo Green qui débute sa chanson *Scream* ! J'ouvre enfin les yeux et, portée par le rythme de la musique, je donne un coup de pied dans ma couette Minion pour la balancer genre « reine du groove ». Finalement, mes pieds se prennent dedans et je me retrouve saucissonnée dans ma housse. Je crois que je suis plus « reine de la loose » en définitive ! Je me soulève, bats des pieds, roule à gauche, tire le morceau de tissu, roule à droite, jure et, au bout de ce qui me semble une éternité, me dégage enfin. C'est moins stylé que ce que j'avais prévu, mais c'est pas grave. Rien n'entachera mon super moral de winneuse !

— Parce que oui, je suis une winneuse ! je lance en levant un poing victorieux.

En plus de ce pressentiment que ma vie va enfin subir le virage dont elle a désespérément besoin, aujourd'hui j'arrive au terme de mon régime. Ça fait deux mois que Dukan me torture !

Deux mois que mon régime alimentaire n'est constitué que de protéines. Deux mois que je mange tellement d'œufs et de blancs de poulet que je rêve la nuit que je finis découpée en morceaux et servie au KFC. Alors même si dans mon rêve les clients sont plutôt satisfaits de mon goût et de mon moelleux, je n'en peux plus ! Sans compter l'aspect absolument pas glamour de cette situation : je suis tellement constipée que j'ai l'impression que mes boyaux vont exploser !

Je suis au bout de ma vie, mais peu importe la douleur parce que j'ai tenu bon ! Et ce même quand ma motivation a tenté de se faire la malle… Ce fut parfois difficile, voire carrément horrible, surtout quand mes yeux tombaient sur du chocolat, des bonbons, des gâteaux, du saucisson, du fromage… Enfin tout ce qui n'avait aucun rapport avec un quelconque poulet !

Mais j'ai tenu bon. Et je suis même devenue *The Queen of the squat*, de l'abdo-fessier, et mon périnée est remonté à bloc tellement il est musclé.

J'ai mis toutes les chances de mon côté en m'inscrivant dans une salle de sport ! Bon, j'avoue que j'ai eu des débuts difficiles puisque pendant près d'un mois j'ai marché comme un pingouin alcoolique. Je n'arrivais plus à soulever ni les jambes ni les bras ! Je me suis même demandé depuis quand j'avais autant de muscles dans le corps. Et à chaque cours j'en découvrais de nouveaux, c'était abominable ! À croire qu'ils poussaient comme par magie !

En tout cas, je suis assez fière de moi car j'ai réussi à me remettre en forme et je partais du niveau moins douze. Maintenant, j'y vais quatre fois par semaine et j'arrive même à suivre le cours pendant quinze minutes. Parfois, je me dis que tous ces efforts ne servent à rien, puis je me rappelle ce terrible jour…

The Thursday of horror!

Je l'ai rebaptisé comme ça, pour lui donner un genre « Stephen King ». Et je dois dire que cela fonctionne assez bien. Je le souffle à chaque squat et ça me donne la force de remonter mes fesses (qui parfois, voire souvent, me semblent bien lourdes). De toute manière, je ne veux plus jamais revivre ça… *Never!*

J'étouffe un couinement en me remémorant la scène qui m'a hantée durant ces terribles deux derniers mois…

Ma journée commençait comme un jeudi habituel. La veille, j'avais passé plusieurs heures à préparer des pâtisseries pour la réunion hebdomadaire chez *Royal Gourmet.* Je sais que tout le monde les dévore sans jamais m'adresser ni un « bonjour » ni un « merci », mais mes collègues les aiment tant, que je ne me vois pas leur refuser ce petit plaisir. Enfin bref, je les avais emballées, comme à mon habitude, dans un joli carton rose customisé avec des chats déguisés, et me dirigeais fièrement vers la salle de réunion quand… mon pied est parti en avant, indépendamment du reste de mon corps. En bref, j'ai glissé !

Tous les gâteaux se sont renversés sur moi et… personne ne m'a aidée, le monde a continué de tourner comme si j'étais invisible. J'ai tenté de me relever et là, le drame ! Mon pantalon a craqué ! J'ai senti un léger courant d'air effleurer mon popotin, ma gorge s'est serrée et je n'ai souhaité qu'une chose, être véritablement invisible, m'enfouir sous terre, voire carrément disparaître à jamais !

Le problème, c'est qu'il était clair que cela allait être compliqué, puisque je n'avais pas la cape d'invisibilité de Harry Potter, ni de superpouvoir, d'ailleurs ! Donc, certes, mon amour-propre venait officiellement de décéder dans d'atroces souffrances, mais c'est dans l'ombre que parfois on se retrouve ébloui par la lumière…

Grégoire...

Un mètre quatre-vingts de testostérone, des yeux d'un bleu incroyable, une fossette au menton trop craquante... Une lumière sacrément sexy, en somme !

Tel un preux chevalier, il s'est porté à mon secours. Il m'a aidée à me relever, j'ai pu plonger mon regard dans le sien et m'y perdre ou en tout cas avoir de grosses bouffées de chaleur ! Puis il a ramassé quelques gâteaux au sol, et là, j'ai pu admirer ses fesses bien fermes. Enfin, je ne sais pas si elles le sont vraiment, parce que je ne les ai pas touchées...

Mais je les ai trouvées très belles, très rondes, bien hautes..., me dis-je en rougissant à nouveau à se souvenir.

Alors c'est peut-être idiot, mais oui, je l'avoue, Grégoire et son jean Levi's qui lui moule à merveille le derrière m'ont donné envie de plus. De ne plus être Betty, la petite grosse qui prépare des pâtisseries et dont personne ne connaît le nom, mais d'être moi et d'exister, enfin.

— Et aujourd'hui, ça va être un grand jour à marquer dans la vie de Betty Letournier ! je lance en levant à nouveau le poing, prête à conquérir le monde, ou tout du moins ma balance.

Rien ne m'arrêtera ni ne foutra en l'air ma bonne humeur. Je me lève d'un bond et fais rapidement mon lit. Je passe mes mains le long de mon corps pour tâter mes bourrelets et dois avouer que même si je ne me suis pas encore pesée, je suis plus mince, j'en suis sûre ! J'ai bien dû perdre cinq, voire dix kilos… Je couine de joie à cette idée en sautillant comme Blanche-Neige dans la forêt jusqu'à ma salle de bains. Je me fige un instant.

C'est étrange, j'ai l'impression que l'on m'observe…

Je tourne sur moi-même, regarde autour de moi, mais ne vois rien ni personne. Je hausse les épaules et mes pensées reprennent leur fil.

Je me vois déjà entrer dans la salle de réunion tout à l'heure…

Tous les regards se tourneront vers moi et certains chuchoteront : « Mais qui est cette magnifique jeune femme incroyablement sexy ? » Je prendrai un air légèrement méprisant jusqu'à ce que quelqu'un dise : « Mais c'est Betty du service réclamation ! » Oui, cette créature de rêve n'est autre que la petite grosse du dixième étage, qui travaille pour *Royal Gourmet* et dont personne n'est foutu de se rappeler le nom !

Mais dorénavant, tout le monde le connaîtra, mon nom ! Fini les Glenda, Loana, Mélissa ou autres. Betty sera sur toutes les lèvres et surtout sur les siennes…

Grégoire… Il susurrera mon prénom pendant que mes mains parcourront avidement son torse musclé…

— Betty, où est ma chicorée ?! hurle ma grand-mère depuis sa chambre.

Je me mords la lèvre en me disant que je n'aurais peut-être pas dû relire pour la cinquième fois *Cinquante nuances de Grey* hier soir. Je me sens toute chose du coup…

— J'arrive, mamie ! je réponds en me hâtant jusqu'à ma balance, faisant taire les images déplacées qui me viennent à l'esprit quand il dérive vers le fessier bien ferme de Grégoire.

J'agite mes orteils devant mon pèse-personne qui semble déjà me juger.

— Tu vas pas laisser une vieille dame mourir de faim, quand même ! crie à nouveau ma grand-mère.

— J'arrive, mamie ! je lui répète en ne quittant pas des yeux l'appareil diabolique.

On dirait même qu'il se moque de moi maintenant…

Je dois lui montrer qui est le maître, à cette saleté ! J'ai passé deux mois à ne manger que des œufs et du blanc de poulet, à transpirer en faisant des abdos-fessiers, tapis de course et autres tortures physiques, donc non, cette balance ne me fait pas peur.

— Non mais c'est pas vrai ! Pourquoi il y a tous ces chats, Betty ?! Tu veux me tuer, c'est ça ?! râle ma grand-mère qui a enfin fini par se lever.

Allez Betty, monte… monte…

J'inspire, et, d'un pas hésitant, je grimpe enfin sur la balance. D'abord, je regarde fixement le mur devant moi et finis par baisser les yeux pour regarder les chiffres qui s'affichent sur l'écran à mes pieds. Mon sourire s'efface immédiatement. Je descends du pèse-personne, l'attrape, le retourne, sors les piles, les remets et recommence.

Moins crispée, Betty, moins…

La sentence tombe, à nouveau les mêmes chiffres s'affichent.

Soixante-six kilos et quatre cents grammes…

— Non mais c'est une blague ?! je m'écrie, le cœur serré par la déception.

— Betty, il y a encore cette stupide bestiole qui s'est coincée dans l'aération des W.-C. !

Je murmure un petit « j'arrive », la gorge étranglée par la tristesse et le goût amer de la douleur que j'ai infligée à mon corps sans résultat.

— Je n'ai perdu qu'un misérable kilo en deux mois, je souffle complètement dépitée et au bord des larmes.

— Non mais, il y en a combien de sacs à puces, maintenant ?!

Quatorze, je réponds à moi-même.

Je sais que ma grand-mère ne supporte pas les chats, ni tout autre être vivant d'ailleurs, mais c'est plus fort que moi. Dès que je vois une pauvre boule de poils en difficulté, je n'arrive pas à la laisser. Je sais que c'est pathétique, mais au moins ils m'aiment, eux. Que je sois grosse, mince… moi et tous les défauts qui me caractérisent tant, on ne les gêne pas.

Parfois, j'aimerais tant que les humains soient comme mes chats…

— Bon, Betty, tu te décides à bouger ou je fais du pâté poilu pour le déjeuner ! hurle ma grand-mère qui tape avec sa canne, maintenant.

Ce n'est jamais bon signe quand elle commence à faire ça. Je sais qu'elle lui est nécessaire pour marcher, mais le problème c'est qu'elle s'en sert également comme arme de dissuasion et arme tout court. La semaine dernière, elle a tapé sur un adolescent parce que son pantalon descendait trop bas et que l'on voyait son caleçon. Selon ma grand-mère, sa baisse de vue est due à, je cite : « Ce genre de spectacle pitoyable d'une jeunesse qui ne respecte plus rien et qui plus est montre ses sous-vêtements ! » La patience n'a jamais été sa plus grande qualité, et maintenant, elle est armée, en plus.

— Je crois que j'aurais dû rester au lit, je râle en prenant la direction des toilettes.

Moi qui espérais tant de cette journée, finalement, elle ne sera qu'une copie conforme du reste de ma vie. J'imagine une vie que je n'aurai jamais et qui même au prix d'efforts ne semble toujours pas vouloir de moi.

J'ouvre la porte et suis accueillie par un miaulement timide provenant de la bouche d'aération au-dessus des toilettes. Comment Popeye a-t-il fait pour s'y faufiler ?!

Je l'ai déjà sauvé d'une noyade certaine alors qu'il était tombé dans une bouche d'égout, il y a quelques mois. Ce chaton a la fâcheuse tendance à se glisser là où il ne faut pas !

Un frisson me parcourt et j'ai à nouveau la sensation d'être observée. Je secoue la tête pour la chasser. Il manquerait plus que je devienne folle !

J'attrape le rabat des toilettes pour l'abaisser, et grimace. Les attaches ont été mangées par le calcaire, il ne semble pas très stable. Je décide de ne pas prendre de risque et grimpe directement sur la cuvette.

Si ma grand-mère me voit faire ça, elle va me tuer !

Je jure doucement quand je l'entends râler pas loin. Je me hâte et tente de saisir la grille pour extirper le chaton, mais elle me glisse entre les doigts. Je ne suis pas assez grande ! Je me hisse sur la pointe des pieds sans beaucoup plus de succès. Je tends le bras encore plus, m'étire, me retrouve en équilibre sur la pointe de mes orteils, et atteins enfin la grille ! Je la tire, et me sens soudain partir en arrière. Je mouline des bras pour tenter de retrouver l'équilibre, mais la chute est imminente. Je ne trouve rien pour me rattraper. Mes pieds cèdent et les W.-C. se rapprochent inexorablement de mon visage, je ferme les yeux, anticipant le coup.

C'est violent, mon front heurte brutalement la céramique et pendant un instant plus rien n'existe. Désorientée, je tente tant bien que mal de me redresser, mais Popeye choisit ce moment-là pour me sauter sur la tête. Le rabat, suivant son exemple, vient s'abattre à son tour sur ma tête, m'assenant un nouveau coup et me désorientant un peu plus jusqu'à plonger carrément la tête dans l'eau. Un peu dans les vapes, je tente de me redresser mais le rabat est coincé. Je manque d'air, les battements de mon cœur s'accélèrent, je ferme la bouche et tente de ne pas aspirer l'eau par le nez. Mais je manque d'oxygène. Je pousse de toutes mes forces le rabat, appelle à l'aide, avale l'eau, perds pied. Je suis coincée…

Je…

Et voilà comment on meurt noyé dans ses toilettes.

J'ai vraiment un karma de merde !

Je regarde le corps inanimé de la jeune femme et m'accroupis à son côté. Ma main droite se soulève et se pose sur une mèche de cheveux châtains qui s'échappe de la cuvette.

Ils sont aussi doux que leur propriétaire…

Je n'ai jamais vu une aura aussi éclatante. Elle est d'une beauté éblouissante.

Mes doigts se promènent à présent sur sa clavicule dénudée. La bretelle de sa chemise de nuit a glissé le long de son bras laissant entrevoir l'arrondi parfait de sa poitrine, mais je ne vais pas plus loin dans mon exploration de son corps tout en rondeur. Son âme m'éblouit, je suis comme hypnotisé.

Elle méritait mieux que cette vie. Elle souhaitait qu'on l'aime pour ce qu'elle était et personne n'a su voir sa valeur.

Je sursaute quand un chat noir saute à côté d'elle. Je regarde alors ma main, les yeux écarquillés, et me relève d'un bond quand je prends conscience de ce que j'étais en train de faire et de ma position. Je secoue la tête pour me remettre les idées en place, ne comprenant pas vraiment ce qu'il vient de se passer. Son aura flamboie de plus belle et un sentiment de satisfaction sans commune mesure s'empare de moi quand je constate sa direction.

Je fronce les sourcils, de plus en plus perdu, mais suis coupé dans mes réflexions par le responsable malgré lui du décès de la jeune femme. Il se frotte à ses jambes tout en miaulant.

— Félicitations, Betty, ta vie va devenir extraordinaire, je murmure à la jeune femme alors que je sais qu'elle ne m'entend pas.

Je réajuste mon costume noir et ne m'attarde pas. Je la retrouverai bientôt, je n'en ai aucun doute.

1

Tous les chemins mènent en Enfer

Ma tête…

Je me passe une main sur le visage, les yeux encore fermés, et me demande où je me trouve. Du bout de la main, je touche ce qui m'entoure et comprends que je suis couchée sur une surface dure, certainement le sol. J'ouvre un œil, une vive lumière blanche m'aveugle. Je le referme, le rouvre ainsi que le deuxième et attends que ma vue s'adapte à la luminosité. Je cligne à plusieurs reprises des paupières et tente de réfléchir.

Où est-ce que je suis ?

Mon cerveau mouline à une vitesse folle et je grimace au souvenir de l'épisode tragique des toilettes.

Alors, le bon côté des choses c'est que je ne suis pas morte, me dis-je avant que mon esprit me contredise immédiatement.

—Je suis morte ?! je m'écrie, horrifiée.

Je réfléchis, tente d'assembler les derniers morceaux du puzzle de ma mémoire encore endolorie, mais rien ne me vient, hormis Popeye et la cuvette des W.-C. trop près de ma tête. Je passe doucement les doigts sur le côté de mon front qui s'est cogné, mais ne sens aucune trace de bosse ni la moindre douleur à cet endroit. Je tente de comprendre où je me trouve, mais rien d'autre ne me vient. Excepté la certitude que je suis bien morte !

C'est amusant (enfin dans la mesure où l'on met de côté l'aspect pas top du fait que je sois décédée), je ne sais pas comment je le sais, mais c'est comme une évidence.

Je sais que je suis morte.

Il n'y a aucun doute là-dessus.

Je fais le point sur ce que je ressens, genre est-ce que je me sens flotter, légère, en paix, enfin un truc qui change ?

Non, pas du tout. Je me sens comme la fois où j'avais bu trop de punch au mariage de ma cousine Jocelyne. Ce qui est relativement décevant puisque j'avais fini par tout rendre avant de m'endormir sur un sofa…

Je grimace en me remémorant cette soirée : ma robe rose à volants qui me boudinait, ma présence à la table des enfants alors que j'avais déjà vingt ans, et surtout, l'instant où ma grand-mère m'avait demandé si j'étais encore constipée au moment où le seul célibataire qui semblait relativement normal était venu m'inviter à danser.

Célibataire qui s'est finalement révélé être gay !

En gros, cette soirée résume assez bien ma vie. Si je réfléchis à ce que j'ai accompli durant mon existence, je dois me rendre à l'évidence : rien.

Après de trop nombreuses années sur les bancs de l'école, et sans véritable diplôme en poche, j'ai commencé à travailler au service réclamation de *Royal Gourmet*. Je traitais des réclamations allant de « Je trouve que le salé aux lentilles est trop salé » à « J'ai trouvé un morceau de doigt dans mon porridge ». Soyons honnêtes, ce n'était pas le boulot le plus passionnant du monde. Le seul point positif de ce poste, c'était…

Grégoire.

À chacun de ses sourires, je me liquéfiais…

Bon, par contre, lui ne savait pas que j'existais. Il ne m'avait jamais adressé la parole, hormis lors du terrible *Thursday of horror*. J'étais insignifiante pour lui, comme pour la plupart des gens avec qui je bossais ou que j'avais côtoyés dans ma vie.

— En gros, ça fait vingt ans que je n'existe pas ! je lance en me couvrant le visage avec mes mains.

Je les laisse retomber mollement au sol et songe que, pour résumer : *Un jour, je suis née, et puis voilà.*

J'ai toujours fait partie du décor, je crois. Lorsque j'étais enfant, je jouais seule. Ma mère ne m'a jamais trouvée assez intéressante pour ne serait-ce qu'avoir une conversation de plus de trois mots avec moi et je ne me souviens même pas d'avoir eu des amis. Du coup, l'école n'a jamais été vraiment mon truc et au boulot c'était pareil, je traversais les couloirs comme une âme en peine, seule. À la machine à café, ils mangeaient tous mes pâtisseries mais personne ne prenait la peine de me remercier. Une fois, une fille de la compta m'a appelée Glenda ! Moi, je ne sais pas, mais entre « Betty » et « Glenda », il y a quand même une grosse différence !

Enfin, passons…

J'avoue que je ne me mettais pas franchement en avant, avec mon mètre cinquante et mes soixante-cinq kilos je ne me sentais pas trop… Enfin, je n'étais pas vraiment à l'aise en société.

Je soupire une nouvelle fois et me dis que je n'étais pas transparente pour tout le monde.

Ma grand-mère me parlait, par exemple. En fait, elle criait surtout !

Elle avait quatre-vingt-douze ans et vivait avec moi, puisque ma mère a voulu la mettre en maison de retraite, mais qu'elle a refusé. Elle m'a suppliée de l'aider à rester chez elle jusqu'au bout. Sauf que ma grand-mère n'est pas la personne la plus agréable de la Terre et vivre avec elle n'était pas une sinécure. Par exemple, il y a trois jours elle m'a lancé un potimarron dans la tête parce que… En fait, je ne sais plus trop pourquoi… Je crois que son café était trop chaud ou bien trop froid…

Il faut que je me rende à l'évidence, j'étais ce que l'on appelle une bonne poire !

Je voyais un chaton abandonné, je ne pouvais pas fermer les yeux et le laisser à son triste sort. Du coup, je me suis retrouvée avec quatorze chats ! Et c'est d'ailleurs l'un d'eux qui m'a tuée !

Popeye…

Je soupire sur le vide de mon existence passée, couchée au sol, les bras et les jambes écartés comme une étoile de mer dépressive et finis par jeter un coup d'œil circulaire.

Je dois dire que j'imaginais le Paradis autrement…

Enfin, ce n'est pas comme si j'y avais franchement pensé jusque-là, mais si je l'avais fait, j'aurais imaginé autre chose.

Comme peut-être une île paradisiaque où l'on vivrait éternellement heureux. Ou même un truc qui ressemblerait à la chocolaterie de Willy Wonka, mais sans les bonshommes bizarres qui fabriquent le chocolat, parce que je les trouve légèrement flippants.

Là, ça ne fait pas rêver non plus ! Je suis allongée dans une pièce aux murs blancs avec une dizaine de personnes, et nous sommes tous nus.

NUS ?!

Mon regard se pose à cet instant sur une paire de bijoux de famille poilus. Les yeux écarquillés, je n'arrive pas à détourner la tête de ce spectacle vu de dessous.

On dirait une sorte de petit animal étrange…

Quand je pense que je n'avais jamais vu de machin… masculin. Là, je suis servie ! Je l'ai en gros plan juste au-dessus de moi !

Tourne la tête, Betty, je m'ordonne mentalement.

Mais rien n'y fait, je n'y arrive pas !

Heureusement, son propriétaire sort de lui-même de mon champ de vision, me laissant encore sous le choc.

Je dois être toute rouge, me dis-je les joues en feu et excessivement gênée.

Je me redresse enfin, et là mon cerveau prend enfin conscience de ce léger, voire carrément énormissime détail :

Nue, je suis nue, moi aussi ! Toute toute nue au milieu de ces étrangers !

Je bondis vivement, me regarde des pieds à la tête, me rends compte que debout c'est pire, mets mes mains tant bien que mal sur mes seins et mon intimité, plaque mon dos et mes fesses contre le mur et me laisse glisser jusqu'à me retrouver recroquevillée dans un coin. Je tente de cacher tout ce que je peux, mais dois avouer que ce n'est pas évident puisque je n'ai rien à ma disposition. Je regarde à droite à gauche, ne vois ni fenêtre ni porte, juste des murs et des hommes à poil qui font deux fois ma taille et qui semblent sortir d'un calendrier des *Dieux du stade*. Bordel, il y a des zizis partout… et des fesses nues et ils sont tous à poil !

On est très très loin des bonshommes bizarres de Willy Wonka…, me dis-je, les yeux rivés sur une paire de fesses musclées.

Je me sens rougir des pieds à la tête.

Je ne devrais pas regarder, ça ne se fait pas…

Alors arrête de regarder, Betty !

J'y arrive pas ! je chouine mentalement.

Et c'est de pire en pire, plus je me dis que je dois détourner le regard, plus je fixe ces fesses !

Il faut dire que ça me change de ma dernière colocataire, aussi ! me dis-je malgré moi, le regard toujours vissé au même endroit.

Un homme passe devant moi et je ceins un peu plus mes jambes contre ma poitrine. De toute évidence, je suis la seule que la situation gêne et je ne sais pas si je dois me sentir vexée qu'aucun homme ne me regarde un peu. Je suis quand même nue ! Certes toujours petite et boulotte *a priori*, mais…

Bon sang, je vais rester petite et boulotte pour l'éternité ! J'ai vraiment un karma de merde !

Je hais Dukan. Je hais les squats. Je hais les abdos-fessiers. Je hais tous les poulets aussi !

Je n'ai pas le temps de m'apitoyer plus sur mon sort, car un grand type avec des ailes se pose au beau milieu de la pièce.

Au moins, celui-là a un pantalon.

Mon regard glisse sur le large torse musclé du type ailé, ses boucles brunes, son torse avec des tas d'abdos, son pantalon qui tombe *très* bas…

Je le dévisage et me demande s'ils sont tous choisis pour leur physique dans cette pièce. Pourquoi je suis la seule fille et pourquoi on est nus et… ?

— Je suis Gabriel, annonce le nouveau venu, me coupant dans mes interrogations. Félicitations, vous avez été choisis pour…

Il s'interrompt et m'observe les sourcils froncés.

Je crois bien que c'est là que l'on me dit que je ne suis pas au bon endroit…

C'est pas illogique non plus, j'ai l'impression d'être Passe-Partout au milieu de dieux grecs !

— Vous êtes ? me demande-t-il avec le même air intrigué.

— Betty, je murmure en me sentant encore plus gênée sous son regard scrutateur.

Merde, tout le monde me regarde maintenant !

J'ai envie de pleurer, de disparaître, de m'enfuir loin d'ici. C'est pire que *The Thursday of horror*! En plus là, Grégoire ne viendra pas me sauver avec ses belles fesses et son jean Levi's.

Je panique un instant en me disant : *Pourvu que personne ne me demande comment je suis morte !*

— Intéressant, finit-il par dire.

Comment ça ?

— Bien, passons aux choses sérieuses…, reprend-il en s'adressant à nouveau au groupe.

Tout le monde l'entoure, et moi, je respire à nouveau maintenant que l'attention de tous est reportée sur l'ange.

Je crois que c'est trop pour moi. Je n'avais jamais vu de spécimen de sexe masculin nu jusqu'à présent et là, je ne sais pas où poser mes yeux de peur de me retrouver nez à nez avec des fesses ou un zizi. J'ai l'impression d'être dans un camp naturiste et je n'ai jamais été tentée par ce genre d'expérience. Me mettre en maillot de bain était déjà une épreuve, alors là…

Je décide de fixer mon regard droit devant moi en choisissant un point imaginaire sur le mur immaculé. Les murs, je connais et ça ne me met pas mal à l'aise. Au bout de quelques secondes, mes yeux dévient malgré moi sur les ailes de l'ange.

Je me demande si moi aussi je vais avoir des ailes…

C'est pas moche, étrange, oui, mais pas vilain non plus. Elles lui recouvrent tout le dos et tombent un peu sur son postérieur. Les plumes sont d'un blanc immaculé et ont l'air douces au toucher.

Est-ce que si je vais les caresser, il va me trouver bizarre ?

Il se tourne à ce moment-là et m'observe encore les sourcils froncés, avant de reporter à nouveau son attention sur un homme blond de près de deux mètres. Je m'interroge tout à coup sur les capacités des anges.

Est-ce qu'ils lisent dans les pensées ?

Mon regard s'agrandit de frayeur à cette idée et devient carrément incontrôlable. Il ne sait plus où se poser, ses fesses, son dos musclé, ses belles boucles brunes que l'on a envie de tirer, encore ses fesses…

Je ferme les yeux, inspire et expire pour tenter de me calmer. Ma poitrine monte et descend vivement. Je m'imagine dans ma cuisine en train de réaliser des cupcakes.

Mélanger le beurre fondu avec le sucre, ajouter la farine…

Le calme semble me revenir. Je rouvre les yeux et me rappelle que je suis nue comme un ver. Je me recroqueville un peu plus contre le mur, gênée. Et me dis que le bon côté est que personne ne semble plus se rendre compte de ma présence, hormis Gabriel qui me jette parfois quelques coups d'œil.

Il met fin à son discours, s'écarte du groupe et nous étudie une seconde avant de reprendre la parole.

— Bien, nous allons commencer, dit-il d'un ton sec.

Il se tourne, ouvre une malle dans un coin et nous fait face à nouveau.

Alors j'ai conscience que je suis morte, à poil et tout ça, que surtout plus rien ne devrait m'étonner, mais il n'y avait rien dans ce coin il y a quelques secondes !

A priori, je suis la seule que ça perturbe, puisque tout le monde est déjà autour de la caisse. Je tente d'apercevoir ce qu'il y a dedans, mais je ne distingue rien à part un amas de mecs nus de dos. Je soupire et sursaute lorsqu'un tissu blanc se retrouve dans mon champ de vision.

— Habille-toi, me lance Gabriel en me tendant le vêtement.

Je le prends timidement, chuchote un « merci » et l'enfile maladroitement en tentant de ne pas dévoiler certaines parties de mon intimité. Ce qui se révèle impossible et surtout incroyablement sportif puisque je suis toujours pelotonnée dans mon coin ! J'enlève un bras de ma poitrine, le remets presque immédiatement, roule, me redresse, m'entortille, me détortille, grimace, soulève mes fesses pour faire passer le tissu et souffle de soulagement lorsque j'ai enfin terminé de me dandiner dans tous les sens. Je lève les yeux et constate que tout le monde est habillé comme dans l'Antiquité romaine. On dirait des statues de guerriers antiques avec leurs cuisses puissantes, leurs torses bombés et leurs visages bien taillés.

Mais qu'est-ce que je fais là ?!

Ma robe me moule au ventre et est trop longue de bien dix centimètres !

— Il est l'heure, dit Gabriel en se positionnant à côté d'une porte.

L'heure de quoi ? Et d'où elle sort cette porte ?!

Je suis complètement larguée… Les hommes se mettent en file indienne devant l'ange, et moi, ben, je ne sais pas quoi faire ! Je me lève de mon coin pour tenter d'en apprendre plus mais visiblement, je suis la seule à ne pas savoir ce qu'il se passe… *Super !*

Ils traversent un par un la porte. Je me décale pour voir ce qu'il y a derrière, mais sans grand succès. On ne voit rien. Comme s'il n'y avait que le néant. Je finis par me retrouver seule avec Gabriel qui m'observe.

— Il faut que tu y ailles, me dit-il.

Pourquoi, chaque fois qu'il me regarde, on dirait qu'il tente de résoudre une équation mathématique extrêmement compliquée ?

Betty + robe trop petite × le quotient proportionnel de la pièce blanche = n'importe quoi !

— Je ne sais pas ce qu'il y a derrière la porte, je finis par expliquer quitte à passer pour la quiche qui n'a rien compris et surtout rien écouté.

— L'Enfer, déclare-t-il comme si c'était évident.

— L'Enfer ?! Mais je croyais que j'étais au Paradis !

Je me disais bien que c'était moche et bizarre, ici… Je sens une pointe de tristesse traverser ma poitrine à l'idée de ne pas avoir été à la hauteur et tente de réfléchir au pourquoi du comment.

Rien ne me vient. J'ai vingt ans. Je suis vierge, certes pas par choix, mais vierge malgré tout. Je me suis occupée de ma grand-mère et ai toujours fait en sorte d'être quelqu'un de bien…

— Tu n'as rien écouté tout à l'heure ? fait l'ange, me coupant dans mes pensées.

— J'ai pas… C'est pour ça que je vais en Enfer ? je l'interroge à deux doigts de fondre en larmes.

Je n'ai pas été la meilleure personne au monde, mais je croyais avoir été quelqu'un de bien !

— Tu dois traverser l'Enfer pour montrer ta valeur et devenir un ange, m'explique-t-il.

Qu'est-ce que c'est cette histoire d'ange ? Et « traverser l'Enfer », il m'a prise pour Lara Croft, ou quoi ?! Non parce qu'à part peut-être notre tour de poitrine, on n'a pas grand-chose en commun !

Franchement, je ne crois pas que ça va être possible cette histoire…

— Et je ne peux pas aller directement au Paradis ? Parce que je ne suis pas certaine d'avoir envie de devenir un ange, vous savez. (Ses yeux marron noircissent et je tente de me reprendre puisque je l'ai visiblement vexé.) Je… je veux dire, ça a l'air très bien ! Les ailes sont jolies et je suis certaine que c'est très sympa d'être un ange, mais je ne suis pas sûre que ce soit vraiment fait pour moi. Traverser l'Enfer et tout ça, c'est peut-être un peu… extrême. Mais pour des tas de gens, c'est… bien !

— C'est écrit, donc c'est ainsi.

— Il y a peut-être eu une erreur… ce sont des choses qui arrivent à des gens très bien, je dis tout bas.

— Dieu ne fait jamais d'erreur !

Là effectivement avec un tel argument ça devient compliqué de discuter.

— Donc Dieu a dit que j'étais censée être un ange ? Il a peut-être confondu avec une autre Betty. C'est un prénom plus courant qu'on ne le pense !

— Tu seras un ange, si tu passes les étapes.

Bon, il n'a pas l'air décidé à lâcher l'affaire avec son histoire d'ange et de Koh Lanta démoniaque !

— Et si je n'y arrive pas ? Si je ne passe pas les étapes ?

— Je ne sais pas.

— Vous ne savez pas ce qui arrive à ceux qui ne passent pas l'Enfer ?

— Chaque cas est différent.

Je regarde à droite, à gauche, cherchant une autre issue.

Soyons réalistes, mes chances de survie en Enfer ne sont pas très élevées, j'aimerais autant me passer de ce test.

— Et si je reste ici ? je finis par demander d'une voix mal assurée.

Il semble surpris par ma question, ouvre la bouche, puis la referme.

— Je pense que tu ne peux pas, finit-il par dire.

— Vous n'en êtes pas certain ?

— Non. Tout le monde passe la porte sans poser de questions, avoue-t-il.

Oui, enfin, a priori *son « tout le monde » fait deux mètres, a des bras de la taille de mes cuisses et a bien plus le physique de l'emploi que moi avec mon mètre cinquante et ma cellulite !*

— Toujours ? je tente, espérant qu'il y ait eu une exception.

— Oui.

Bon…

— Mais c'est quoi les étapes ? je demande, intriguée.

Parce que si ça se trouve, traverser l'Enfer c'est moins pire que ce que je pense. Ce sera peut-être une partie de Scrabble, un quiz Disney ou même un Pictionary spécial voyage en Enfer ! Je suis assez forte en jeux de société, après tout.

— Tu es différente, dit-il en s'approchant de moi.

Il me scrute avec attention comme si j'étais une licorne ou une autre créature étrange. Ce qui est quand même plutôt paradoxal puisque c'est moi qui me retrouve face à un mec gigantesque torse nu avec des ailes dans le dos !

— Oui, j'ai bien compris que je n'ai pas vraiment le physique standard pour un ange, je souffle en montrant ma robe trop longue.

— Je ne parle pas de ton physique, déclare-t-il avant de regarder fixement un point au-dessus de ma tête.

Je me tourne, cherche ce qu'il observe, mais ne vois rien à part le mur.

— Je dois y aller, lance-t-il avant de disparaître comme il est venu.

Je jette un coup d'œil circulaire et soupire.

Génial ! Je suis seule dans une pièce où la seule issue mène en Enfer. Et je fais quoi, moi, maintenant ?!

Je scrute longuement la porte, mais rien ne se passe. Est-ce que je reste là ? Est-ce que j'y vais ? Mon cœur balance, et pour finir, je ne bouge pas.

Le problème est que je ne sais pas ce qu'il se passerait si je n'arrivais pas à passer l'épreuve de l'Enfer.

En plus, je suis sûre que ça n'a rien à voir avec une partie de Scrabble !

Je fronce les sourcils, tente de me souvenir de ce que j'aurais pu apprendre à l'école sur la mythologie… J'étais nulle en cours ! Je jette un nouveau coup d'œil à la porte.

Je crois qu'il y a une histoire de limbes…

Sinon, il y a bien Hercule *de Disney !* Voilà qui me parle plus que la mythologie ! Je suis une experte en Disney. Je crois que je l'ai déjà dit mais je suis imbattable au Scrabble Disney. Sauf que là, je n'ai pas vu le dessin animé depuis un moment.

Donc de mémoire, il va chercher sa fiancée dans un machin avec des limbes. Il plonge, devient tout vieux, récupère sa chérie et met un coup de poing à Hadès en sortant. Et il y a un gros chien aussi… Si j'avais su que j'allais mourir et me retrouver là, je l'aurais regardé à nouveau ! Je hais les interros surprises !

Bon, enfin bref, en gros, soit je reste éternellement dans cette pièce, seule et sans rien faire. Soit je vais en Enfer et croise les doigts pour que rien ne m'arrive.

Après tout, je suis morte, donc je crois que ça ne peut pas être pire… Si ?

C'est le genre de situation où l'on sait ce que l'on perd mais pas ce que l'on trouve. Je soupire, indécise, attrape une mèche de mes cheveux châtains et la lisse du bout des doigts, le regard perdu dans la contemplation du néant.

C'est bien, en cet instant nous sommes dans une reproduction parfaite de ma vie.

J'attends bien au chaud, en sécurité dans ma petite vie tranquille et sans histoires, puis finalement c'est tellement mortellement ennuyeux que je finis par y mettre fin sans m'en rendre compte, de la manière la plus ridicule qui soit. Et si, pour une fois, je prenais un risque ? Si, pour une fois, je tentais de vivre quelque chose d'extraordinaire ? Sauf que là, on est peut-être dans l'extrême de l'extraordinaire. Mais la traversée de l'Enfer, ça a le mérite d'être un changement radical !

Bon, j'y vais !

Je m'approche lentement, incertaine et angoissée. Mon regard ne quitte pas l'obscurité et mes pieds s'emmêlent dans le tissu trop long de ma robe. Je tente de me rattraper, mais c'est trop tard, je trébuche et m'étale de tout mon long sur une surface dure et caillouteuse.

Ouch…

2

Promenons-nous en Enfer tant que le Diable n'y est pas…

— C'est ce que l'on appelle une entrée en matière ! se moque une douce voix masculine proche de moi.

Je lève la tête pour tenter d'apercevoir le propriétaire, mais ne vois rien à part la pénombre. J'enlève avec une grimace les quelques cailloux qui se sont logés dans ma bouche lors de ma chute et m'assois par terre. Je crois que si je n'étais pas déjà morte, une chute pareille m'aurait tuée !

Je frotte mes mains et me demande où je suis. *Peut-être dans un trou…*

— Je te mets un neuf pour la technique, mais juste un trois pour l'artistique. Je trouve que tu manquais un peu de grâce, me lance la voix, visiblement amusée par la situation.

— Ma robe est trop grande, je réponds en tournant la tête dans tous les sens, frustrée de ne rien voir.

— La robe est trop grande ou tu es trop petite ? me demande-t-il.

C'est bizarre, j'ai l'impression qu'il est proche et loin en même temps.

— Ma robe est trop grande pour moi, parce que je suis petite, je sors en frottant mon corps que j'imagine recouvert de poussière.

— Pourquoi tu as mis autant de temps pour traverser le passage ? m'interroge-t-il.

Je sursaute lorsqu'il me semble sentir son souffle contre mon oreille.

— J'avais peur, je chuchote en sentant mon rythme cardiaque s'accélérer.

Je ne le vois pas mais lui oui, on dirait. Et s'il me voulait du mal ? Je me rappelle à ce moment que je suis en Enfer et cela m'effraie encore plus.

— Et c'est toujours le cas ?

Pour toute réponse, je hoche la tête. Oui, j'ai peur, de lui, de cette situation qui m'échappe, de cet avenir incertain qui s'offre à moi, de tout.

— Pourtant tu as fini par venir. Qu'est-ce qui t'a décidée ?

— Je crois que si je n'étais pas tombée, j'y serais toujours en fait, je dis en ceignant mes genoux avec mes bras, terrifiée à l'idée de dire ou de faire quelque chose qui me serait fatal.

— Intéressant, souffle-t-il plus pour lui-même que pour faire la conversation.

— Décidément, je suis ravie que vous me trouviez tous intéressante ! je lance avant de me mordre la lèvre comme pour ravaler mes paroles.

— Qui te trouve « intéressante » aussi ?

— Gabriel ! Et maintenant, il paraît que je dois passer des étapes, est-ce que tu sais ce que c'est ?

— Oui.

J'attends qu'il développe, mais il n'ajoute rien pour mon plus grand désarroi. J'hésite à demander plus d'infos. Mais de toute évidence, il n'a pas très envie de m'en dire davantage.

Je ne le vois pas, je suis en Enfer, assise par terre dans le noir et pas des masses courageuse non plus. Donc je pense qu'il vaut mieux que je n'insiste pas...

— Tu comptes rester plantée là ? me questionne-t-il avec ce qui semble être de la curiosité dans la voix.

— Il fait noir et je ne sais pas comment faire pour partir d'ici.

— Tu veux partir ?

— Oui, je murmure.

— Pourquoi ?

Parce que je ne suis pas René la Taupe et que rester dans un trou sombre n'est pas vraiment mon dada !

— Parce que j'ai peur, je réponds simplement, gardant pour moi que je préférerais que l'Enfer se situe dans un hôtel Club Med.

Il ne dit plus rien et je ne sais pas si je dois m'inquiéter de ce silence. On va dire que je ne maîtrise pas les us et coutumes en Enfer, donc je ne sais pas comment l'interpréter. *Je n'aurais peut-être pas dû avouer que j'ai peur…*

— Ils font comment, les autres ? je demande dans l'espoir de grappiller quelques infos et de changer de sujet.

— Ça dépend.

Bon, ma question détournée n'a pas récolté la réponse escomptée !

— Ils restent ici ? je l'interroge, surprise à l'idée que l'on choisisse cet endroit de son plein gré.

— Parfois.

— Toi, tu as choisi de rester ici ?

— Non, personne ne veut rester ici de son plein gré.

Je me disais aussi ! À part les taupes, personne ne veut vivre dans un trou !

— Tu vas m'empêcher de partir ? je l'interroge, inquiète tout à coup de devoir y passer l'éternité.

— Non.

Je souffle de soulagement avant de grimacer en me rappelant que je n'y vois rien et qu'il me reste encore du chemin pour atteindre le Paradis.

— Alors, tu vas m'aider ?

On ne sait jamais, sur un malentendu ça peut marcher !

— Tu veux que je t'aide ?! s'exclame-t-il, mi-amusé, mi-surpris.

— Bien sûr ! Je… je… Il fait trop noir, je souffle, oppressée par l'obscurité.

Le silence s'installe à nouveau et je tente de combattre mon envie de pleurer lorsque je sens un courant d'air sur mon bras. J'enlève une main de mes genoux et pousse un petit cri quand le courant d'air l'attrape et la tire.

— Tu es le vent ? je demande en souriant.

— Non, je suis un esprit.

Je me mets à genoux et tente de le toucher avec mon autre main. Mais je ne sens rien à part un courant d'air frais. Je me lève et, à ce moment-là, je le sens qui m'entoure. Je me mets à rire quand mes cheveux se soulèvent et dansent sur le haut de mon crâne comme s'ils vivaient leur propre existence indépendamment du reste de mon corps.

— Tu es très étrange, finit-il par avouer, aussi amusé que moi.

Mon rire se tarit et je lui demande :

— Pourquoi tu dis ça ?

— En un peu plus d'un millénaire que je suis là, je n'ai jamais entendu quelqu'un rire, avoue-t-il tout bas comme s'il s'agissait d'un secret bien gardé.

Un millénaire qu'il hante ce lieu contre son gré...

Je suis tentée de lui demander comment il en est arrivé là mais les mots meurent dans ma bouche avant d'être prononcés. Dans le fond, ce n'est pas important. Cette partie de son histoire lui appartient et c'est à lui de choisir s'il souhaite la partager. Je choisis plutôt de l'interroger sur ce qui me concerne :

— Je suis désolée, je ne dois pas rire ?

— Je ne sais pas, mais en tout cas je te remercie.

— De quoi ?

Ma question reste en suspens. Je tourne la tête et vois une lumière.

— Tu m'as aidée, je souffle, surprise.

Mais il ne répond pas.

Je crois qu'il est parti...

Mon cœur se pince. J'aurais aimé qu'il vienne avec moi. Mais je pense que si cela avait été possible, il ne serait pas là depuis aussi longtemps.

— Merci, je murmure, plus que reconnaissante pour son geste.

Je regarde la source de lumière, tourne une dernière fois la tête en espérant au fond de moi qu'il revienne, mais rien ne se passe. J'attrape le bas de ma robe pour éviter de trébucher à nouveau et me rends compte qu'il s'agit en fait d'un trou.

Je passe mon bras à travers, caresse les bordures de terre et me demande si je passe.

Il paraît assez large, mais j'ai le bourrelet tenace...

Je mets mes mains de chaque côté, tente de garder la mesure pour la transposer sur mon ventre, fronce les sourcils, me dis que si je reste coincée, ça craint ! Je me rassois par terre et décide de réfléchir à la meilleure solution à adopter pour m'éviter une honte certaine. Je pourrais tenter de retrouver mon ami esprit et lui demander s'il y a une autre sortie. Mais il fait très sombre et je n'ai pas vu le chemin (s'il y en avait un !) à emprunter. Ou j'attends, peut-être qu'en restant là sans manger, sans boire, je vais maigrir et je finirai par passer sans difficulté ! Sauf que je ne sais pas si, maintenant que je suis morte, j'ai besoin de manger, donc je ne suis pas certaine de maigrir non plus !

Je me redresse légèrement, scrute à nouveau le trou et me raidis lorsqu'un hurlement atroce retentit dans mon dos. Tous mes sens sont en alerte, mon cœur tambourine violemment dans ma poitrine, tous les poils de mon corps sont dressés en vue d'un danger imminent. Je jette un coup d'œil dans la pénombre derrière moi, mais ne vois rien. Je regarde le trou à nouveau en me disant que je devrais peut-être forcer mon destin.

Après tout, rien ne dit que je ne passe pas !

Un nouveau cri effroyable suivi d'un craquement lugubre résonnent à quelques pas de moi. Je suis littéralement figée par la peur. Je n'ose plus bouger.

Je distingue un nouveau bruit, un souffle saccadé, des bruits de pas qui viennent vers moi. Je cale mon dos contre la paroi si fort qu'on dirait que je ne veux faire qu'un avec le mur en terre.

D'ailleurs, si c'était possible, ce serait génial et surtout très pratique !

C'est à ce moment-là que je distingue une forme haute, masculine, courir vers moi. Il ne me faut pas plus de quelques secondes pour reconnaître l'un des hommes qui patientait avec moi dans la pièce blanche. Il court comme si sa vie en dépendait. Il passe devant moi sans me voir, se jette rapidement au sol et commence à se faufiler dans le trou lorsqu'une force invisible semble le retenir. Il geint, enfonce ses ongles dans la terre, supplie d'avoir la vie sauve, mais rien n'y fait ; la force est plus forte et le tire à nouveau dans le noir. Mon cœur menace de transpercer ma poitrine tellement il bat fort. Je ne bouge pas et prie pour que la chose ne revienne pas pour moi. Je reste comme ça un moment, quelques minutes, secondes, je ne sais pas mais le silence qui règne à nouveau ne me rassure pas.

Je pense que je devrais tenter de partir d'ici. *Enfin, j'en suis sûre !*

Mais est-ce que si je bouge, le… en fait, je ne sais pas ce que c'était. Peut-être un esprit, peut-être autre chose… Soyons honnêtes, je ne connais pas vraiment les habitants qui vivent par ici, mais quelque chose me dit qu'ils ne sont pas tous aussi gentils que l'esprit qui m'a amenée jusque-là. J'avance légèrement la tête, regarde le trou, et une petite voix me souffle d'y aller avant que la force invisible ne revienne. Je crois que je vais l'écouter !

Je m'écarte du mur, m'y colle à nouveau, me mords la lèvre pour être certaine de n'émettre aucun bruit, puis finalement me laisse glisser doucement au sol. Je rampe jusqu'au trou en tentant d'être le plus silencieuse possible quand la voix dans ma tête me hurle d'accélérer. Je m'exécute, passe la tête, le tronc puis les hanches… Enfin, j'essaie… J'ai les fesses coincées dans le trou !

J'ai envie de pleurer mais garde mes larmes silencieuses, même elles ne veulent pas être emportées par le monstre.

La voix se fait plus pressante, un léger courant d'air me caresse les pieds et me souffle de me dépêcher. Je grimace et me vois déjà emportée par le machin invisible ou pire, rester éternellement le cul bloqué dans le trou !

Je me tire, me dandine, me pousse avec les pieds, mais rien n'y fait ! *La lumière n'est pas loin pourtant…*

—Non mais c'est pas vrai ! je souffle, terrifiée à l'idée de me faire emporter.

— C'est pas la robe qui est trop petite, c'est tes fesses qui sont trop grosses ! chuchote la voix de mon ami l'esprit.

Je m'arrête de gigoter et demande en souriant :

— Tu viens avec moi ?

— Merde ! Dépêche-toi ! me crie-t-il.

Je ne me le fais pas dire deux fois, et me tire à nouveau alors qu'il pousse mes fesses. Je grogne, à bout de force, passe mes mains à la sortie et me tracte. La lumière m'éblouit, m'obligeant à fermer les yeux. Je finis par faire un roulé-boulé, et quand je rouvre les yeux, je constate que j'ai les fesses dans le sable. Je me relève rapidement et retourne vers le trou pour essayer de faire passer mon ami l'esprit mais un nouveau hurlement me fige instantanément.

— Esprit ? je l'appelle, mais en réponse un bras verdâtre avec des ongles aussi aiguisés que des couteaux sort du trou.

Horrifiée, je recule, me prends les pieds dans ma robe qui se déchire sur le côté. Les fesses encore au sol après ma chute, le cœur battant à tout rompre, je chuchote les yeux baignés de larmes en direction du trou :

— Merci.

Je sais qu'il ne m'entend pas, mais peu importe, il fallait que je le dise, car quoi qu'il ait pu faire pour finir dans ce lieu, son geste compte pour moi. Mon cœur se pince lorsque je me demande s'il méritait vraiment de passer l'éternité dans cet affreux endroit. J'espère surtout qu'il a réussi à échapper au monstre. Je ferme un instant les yeux et préfère me dire qu'il s'en est sorti et que je le reverrai un jour pour véritablement le remercier.

Je rouvre les yeux, me relève tristement, me prends à nouveau les pieds dans ma robe et me vautre, encore, mais cette fois la tête en avant.

— Non mais c'est pas vrai ! je grogne en recrachant le sable chaud qui s'est logé dans ma bouche et en m'époussetant.

J'attrape le morceau de tissu qui pendouille et tire violemment dessus jusqu'à voir enfin mes pieds.

— Bon, voilà qui est mieux déjà, dis-je en remuant les orteils dans le sable brûlant.

Je soupire, jette un dernier regard vers le trou et ne peux m'empêcher de me demander : *Mais qu'est-ce que c'était que ce truc verdâtre ?!* Je secoue la tête, car je crois que je ne le saurai jamais et que dans le fond c'est peut-être mieux ainsi.

Je jette un coup d'œil circulaire et fronce les sourcils devant la vue qui s'offre à moi. Fini la pénombre, maintenant c'est du sable à perte de vue et une chaleur étouffante. Je secoue le haut de ma robe pour me faire un peu d'air, mais n'obtiens pas grand effet. La chaleur semble même traverser mon épiderme !

Je ne sais pas si je préfère cette chaleur aride ou l'obscurité.

Je me sens harassée et sans force alors que je ne bouge pas. Je m'assois et décide de prendre quelques minutes de repos. Après tout, je suis morte et je ne suis pas pressée de devenir un ange, ni de mourir à nouveau, ni de passer l'éternité en Enfer.

Il faut dire que face à tant de choix de qualité quant à mon avenir je sens ma motivation baisser de plus en plus. Et dès le départ elle n'était pas très élevée, donc là elle est au trente-sixième dessous !

Je suis coupée dans mes pensées quand il me semble soudain sentir le sable bouger sous moi. Je rabats mes jambes contre ma poitrine, les ceins avec mes bras et attends un instant. Le même mouvement se fait à nouveau ressentir. Je me lève brusquement, regarde là où j'étais assise mais ne vois rien.

J'ai dû rêver… ou pas…

Le sable bouge légèrement et une voix dans ma tête m'intime de ne faire aucun mouvement, tandis que mon instinct lui, me hurle « *cours aussi vite que possible !* ». Ma respiration s'accélère sous la panique mais je reste immobile et attends.

Le sable ondule autour de moi encore et encore, puis plus rien. Je jette un coup d'œil circulaire, hésitante et le cœur battant.

Après moult tergiversations, j'arrive à la conclusion que rester à attendre que le machin sous moi se montre n'est pas la meilleure idée. C'est donc minutieusement que je fais un premier pas, puis attends. J'avance à pas de velours. Vers où ? Je n'en ai pas la moindre idée mais, une chose est sûre, j'y vais.

Il paraît que tous les chemins mènent à Rome, il en est peut-être de même avec le Paradis !

Le sable bouge à nouveau. Je m'arrête et repars. La chaleur me brûle de plus en plus la peau. J'ai tellement chaud que j'en arrive à me demander si je ne serais pas décédée de déshydratation, si je n'étais pas déjà morte.

Je passe mon bras sur mon front et essuie la transpiration qui y perle. Je suis à bout de souffle, ma robe me colle à la peau et chaque pas est une épreuve. Ma bouche devient pâteuse et mon corps me réclame à boire. J'ai l'impression de me dessécher petit à petit.

Je n'arrive pas à comprendre comment l'on peut avoir chaud, transpirer et se déshydrater alors qu'on est mort !

Rien n'est logique dans cette histoire ! Ma mort, ma présence ici, et maintenant ça !

Non, tout est définitivement étrange, et en plus, dans *Hercule*, il n'y avait pas de désert !

Je m'arrête et tente de reprendre mon souffle.

Et si je n'étais pas morte ? Je souffre peut-être d'une commotion cérébrale et agonise inconsciente dans mes toilettes ? Ou bien je suis sur un lit d'hôpital dans le coma et tout ça n'est que le fruit de mon imagination !

Comme pour se rappeler à mon bon souvenir, le machin sous le sable revient rôder sous moi.

Arrête de rêver, Betty, tu es morte et il y a un truc sous tes pieds. Tu finiras certainement en Enfer ou réincarnée en moucheron ! me dis-je en soupirant à ces perspectives qui n'ont rien de réjouissant.

Je préférerais celle où, dans le coma, je me réveillerais, tomberais amoureuse de mon médecin et l'on finirait avec quatre beaux enfants et une villa avec piscine dans le sud de la France.

Mouais, c'était définitivement plus sympa…

Je dirais même, carrément plus sympa que traîner comme une âme en peine dans un désert visiblement habité par une créature que je n'ai pas des masses envie de rencontrer.

Je décide de faire une pause, m'arrête et tente de reprendre mon souffle quand un bruit m'interpelle. Je me tourne, observe le sable, mais ne vois rien jusqu'à ce que mes yeux tombent sur un homme. Il est grand, blond et nu. Je me demande si c'est l'un des hommes qu'il y avait avec moi dans la salle blanche, et surtout pourquoi il se trimballe encore à poil.

La chaleur, probablement... Même moi, je suis tentée de me promener nue tellement il fait chaud!

Le mouvement dans le sable semblant s'être décalé, je prends la direction du blond à poil espérant pouvoir récolter des informations sur... en fait, tout!

Je m'avance doucement et vois le sable qui bouge à nouveau. Je m'arrête, mais pas le sable qui bouge de plus en plus, créant de véritables vagues comme une mer déchaînée. L'homme se met à courir, je souffle: « bouge pas, bouge pas », mais il continue de courir jusqu'à ce qu'une sorte de ver géant monstrueux émerge du sable et le dévore avant de retourner se cacher dans le sol.

— Nom d'une biquette sauvage! je lâche sans quitter des yeux l'endroit où le ver a disparu.

J'aurais vraiment préféré ne pas savoir ce qu'il y avait sous le sable! me dis-je, complètement sous le choc.

— Et merde! je m'écrie quand je me rends compte que le ver ne semble pas rassasié et surtout qu'il m'a sans doute entendue, puisque maintenant c'est dans ma direction qu'il se dirige.

Une seconde, je me demande si je dois courir, grimace à l'image du nudiste blond qui s'est fait gober il y a quelques instants sous mes yeux et finis par rester immobile. Un nuage de sable m'éclabousse violemment, je mets mes mains devant moi comme si cela pouvait me protéger du monstre gobeur et hurle : « Non ! »

Au bout de ce qui me semble être une éternité, je constate que rien ne s'est passé. Je baisse les bras, ouvre un œil et vois l'horrible ver aux dents pointues qui m'observe. Je jette un coup d'œil à gauche, puis à droite, puis rive à nouveau mes yeux sur l'affreux machin qui semble baver en me lorgnant. J'hésite à bouger ou à rester dans la même position et attendre qu'il parte. L'attente peut être parfois la meilleure solution. L'image de *Jurassic Park* me vient tout à coup...

Le mec reste immobile et le dinosaure finit par partir, il me semble... Mais je ne suis pas certaine certaine non plus !

Après, ça reste un film, et je ne suis pas sûre que le lombric cannibale ait les mêmes réactions qu'un faux dinosaure. Sans compter que Disney m'a déjà menti avec *Hercule*, puisque celui-ci ne traverse pas de désert. Donc qui sait si Spielberg a vraiment bien pris la peine de vérifier toutes ces informations avant de faire *Jurassic Park* ?!

Le ver pose sa grosse tête hideuse sur le sable et continue de m'observer avec ses affreux yeux globuleux.

Je crois bien que finalement l'idée du dinosaure n'est ni la plus sensée ni la meilleure !

Je décide de tenter autre chose et me décale tout doucement sur le côté. Ma respiration se coupe quand le lombric en fait autant, puis repose à nouveau mollement sa tête.

Je ne suis pas sortie de l'auberge ! Ou plutôt du désert… voire de l'Enfer !

Je jette à nouveau un regard autour de moi à la recherche de… je ne sais pas, un panneau annonçant la sortie, le Paradis, ou même la marche à suivre pour se débarrasser du ver ! Je ne suis pas très contrariante comme fille, moi !

Je soupire dépitée à la vision désertique qui s'offre à moi et finis par demander au ver :

— Tu ne saurais pas où est la sortie, par hasard ?

Il redresse sa grosse tête et je me traite mentalement d'abrutie avant de lâcher un couinement de peur et de remettre mes bras devant mon visage en fermant les yeux. Un nuage de sable m'entoure et finalement, comme tout à l'heure, rien ne se passe. Le lombric cannibale a disparu. Du bout du pied, je touille un peu le sable devant moi et crie quand le hideux ver réapparaît un peu plus loin, m'observant à nouveau de ses yeux globuleux.

Est-ce que cela signifie que je dois le suivre ?…

L'image de Lassie me vient en tête et je me dis que j'aurais vraiment préféré que ce soit un colley qui se cache dans le sable ! Lassie est… Comment dire ?… Plus mignon, plus poilu. Moins effrayant et cannibale également.

Mais bon, je crois que je vais devoir faire avec le ver baveux géant qui ressemble à celui dans *Beetlejuice*…

Je fais un pas incertain, vois qu'il ne bouge pas, en fais encore un et continue jusqu'à me trouver quasiment à sa hauteur. Il replonge et réapparaît plus loin. Je me fais une raison, il ne doit pas me trouver à son goût. Il suit peut-être un régime à base de blond athlétique et ne digère pas les boulottes châtaines !

Certainement un souci de cholestérol…

Finalement, je le suis et nous nous arrêtons au niveau d'un mur de brume. J'observe le mur, puis le ver, puis à nouveau la brume.

— Je soupçonne qu'après ça ne se cache pas le Paradis ! je lance au lombric qui plonge violemment dans le sable.

J'écarquille les yeux en apercevant une femme au loin, vêtue comme moi. Bon, en fait, ça ne dure que quelques secondes puisqu'elle se fait gober presque instantanément. Le ver revient devant moi comme si de rien n'était.

OK… Il vient encore de bouffer quelqu'un et me regarde comme un caniche prêt à jouer à la balle. Tout va bien.

Je l'observe les yeux écarquillés et dois me rendre à l'évidence : il y a trop de mystère dans cette histoire pour moi. Et moi, tout ce qui est énigme, c'est pas mon truc ! J'ai regardé tous les Fort Boyard et n'ai jamais réussi à répondre à aucune question du Père Fouras. Et je ne parle même pas de mon niveau au Cluedo !

— Donc, là, je suis censée continuer tout droit ? je demande au ver.

Je le regarde, il me regarde...

Mouais, je m'attendais à quoi ? Qu'il me réponde : « Mais oui ma petite Betty, tu continues tout droit, prends la première à gauche et tu es arrivée ! »

J'ai beau être morte, embarquée malgré moi dans un Koh Lanta démoniaque, les vers ne parlent toujours pas. C'est limite décevant !

Comme tout dans cette histoire de mort, de toute façon...

— Bon, ben, j'y vais alors, je tente à nouveau, pas des masses motivée par cette nouvelle aventure.

J'ai rêvé à des tas de choses tout au long de ma vie, mais étrangement jamais de devenir une aventurière à la Lara Croft. Je ne crois pas avoir la fibre de l'audace et de la témérité en moi. Ou alors, vraiment très bien cachée !

Je passe une main dans la brume. Rien. Il ne se passe rien.

Je la retire et jette un nouveau coup d'œil au ver.

— Tu ne sais pas parler, mais je te remercie de ne pas m'avoir dévorée et de m'avoir aidée, je lui lance, toujours étrangement surprise que ce soit le cas.

Qui aurait cru que les lombrics cannibales pouvaient se montrer serviables ?

Il incline légèrement sa grosse tête baveuse comme s'il m'avait comprise et s'en va, me laissant seule devant l'espèce de gros nuage gris.

Je m'avance doucement, incertaine. Mon rythme cardiaque s'accélère sans que j'en comprenne la raison. Une sorte de terreur s'empare de moi l'espace d'un instant et s'en va presque aussitôt, ne laissant qu'une vague d'inquiétude. Je ne distingue rien à travers la brume, pourtant il ne fait pas sombre. Mes pieds nus s'enfoncent dans ce qui ressemble à des cailloux, me tailladant la voûte plantaire à chaque pas. Je grimace quand quelque chose de pointu pénètre carrément dans mon talon. Je tente de regarder pour voir si je suis blessée, mais ne distingue aucune partie de mon corps. Du coup, je lève le pied pour essayer de passer mes doigts sur la partie douloureuse, mais je me rappelle immédiatement que je n'ai ni équilibre ni souplesse ! Il faut dire qu'avant de mourir, j'avais tout misé sur le cardio pour la perte du gras de mes fesses et non sur le yoga !

— Ce foutu régime ne m'aura servi définitivement à rien ! je grommelle en reposant mon pied au sol.

Nouvelle méthode spéciale « j'ai de grosses fesses, zéro souplesse et moins dix mille en équilibre » : j'essaie de le frotter contre un autre caillou en espérant que cela aide à retirer le corps étranger. Mais ce n'est pas un franc succès au premier abord !

Je grimace en me disant que je m'installerais bien par terre, mais l'idée de poser mes fesses sur des machins pointus ne m'enthousiasme pas des masses. C'est que j'ai la peau sensible, en plus !

Je sens le caillou se retirer enfin, mais une légère douleur persiste tout de même.

Je n'ai pas l'impression d'être franchement gagnante dans cette histoire d'ange gardien et de mort pour le moment. Je peux souffrir de la chaleur. Je suis toujours aussi grosse. Des cailloux peuvent me blesser. Je ne vois pas ce que je gagne par rapport à quand j'étais vivante, d'autant plus qu'il faut que je traverse l'Enfer pour un job dont je ne veux même pas !

J'ai comme l'impression de m'être fait avoir encore une fois ! Je suis vraiment la bonne poire par excellence !

Je tourne la tête pour jeter un regard là d'où je viens, hésitant malgré moi à rebrousser chemin.

Mais le désert semble avoir disparu. J'en ai tellement marre que j'en arrive même à regretter la chaleur torride qui me brûlait la peau et le ver gobeur de nudiste ! Qui, en définitive, n'était pas si méchant. Je crois qu'il avait juste une dent contre les gens qui courraient dans son désert. C'était un peu un maître nageur cannibale qui officiait dans le désert plutôt qu'à la piscine.

Je me mets à pouffer comme une dinde face à ma comparaison pas très flatteuse pour le personnel de piscine et encore plus quand j'imagine le lombric avec un bikini rose bonbon. Je ravale mon rire et me fige lorsque j'entends quelque chose gratter non loin de moi.

Je pourrais me dire que j'ai certainement rêvé et que tout cela est le fruit de mon imagination, mais avec ce qui s'est passé ces dernières heures… *jours… ?*

Je secoue la tête quand je prends conscience que j'ai complètement perdu toute notion de temps.

Enfin bref, je ne miserais pas sur le fruit de mon imagination, en tout cas ! Et j'ai la fâcheuse impression que si je ne reprends pas la route, je n'y survivrai pas. Je me sens tout à coup comme un animal traqué, mais je ne sais pas pourquoi…

Les battements de mon cœur s'accélèrent à nouveau et le sentiment de panique qui m'avait prise à mon arrivée dans le brouillard me revient.

Est-ce que c'est le fait de ne rien voir ou c'est dû au bruit qu'il me semble avoir entendu ? Je n'en ai aucune idée, mais mon instinct ne s'est pas franchement trompé jusque-là. Je décide donc de lui faire à nouveau confiance et me remets doucement en marche en claudiquant. Les poils de mes bras et de mes jambes se dressent (ben oui, je n'ai pas eu le temps de m'épiler avant de mourir, donc ça aussi je l'ai gardé !). J'ai peur, je ne sais pas réellement pourquoi, mais l'angoisse me submerge. Je m'arrête à nouveau quand le même bruit recommence. Je tremble et un frisson d'effroi parcourt mon corps lorsque je sens un souffle chaud sur ma nuque.

Cours, Betty ! me hurle mon cerveau.

Et je m'exécute sans prendre le temps de pousser ma réflexion et de me faire bouffer ou je ne sais quoi encore. Mes pieds me font un mal de chien, mais je cours aussi vite qu'il m'est possible de le faire. C'est-à-dire, pas bien vite ! Mon poursuiveur ne met pas longtemps à me rattraper. Une grosse main m'enserre la gorge. Le souffle me manque. Mes poumons se vident et ma tête commence à tourner à cause du manque d'oxygène. Je bouge les pieds dans le vide et finis par atteindre mon assaillant qui me fait tomber lourdement, comme une poupée de chiffon, sur les cailloux. Je tente de reprendre ma respiration et de m'écarter de ce type que je ne vois pas en rampant à quatre pattes. Mais il ne me laisse pas le temps de m'échapper. Il me saisit par la cheville. J'enfonce mes doigts dans les cailloux pour tenter d'avoir une prise, pour résister, mais ils glissent, roulent sous mes doigts. J'attrape une pierre, me redresse et l'abats violemment sur mon assaillant, qui recule. Je reste un moment coite, surprise par ma force, mais ne lambine pas non plus. Je me relève et me remets à courir malgré mon souffle vacillant et le manque de visibilité. Je regarde derrière moi comme si ça servait à quelque chose et continue de courir jusqu'à en perdre haleine. Le problème, c'est que quand on n'y voit rien et qu'il y a un obstacle, on ne le voit pas !

Ma face ne fait qu'un avec un mur ! Je recule, vacille, mets ma main sur ma tête, sens un liquide chaud couler le long de mes tempes et c'est ce moment-là que choisit le brouillard pour se dissiper. Je regarde, tremblante, le bout de mes doigts couvert de sang. Ma tête tourne, mes jambes tremblent et le monde autour de moi disparaît, ne laissant plus que l'obscurité.

3

Ça limbe un max !

— Réveille-toi, démon ! me crie une voix masculine.

J'ouvre un œil et vois un homme blond au-dessus de mon visage. Il a la vingtaine, le visage ciselé, le regard dur et froid, peut-être même fou.

Je crois que je le connais…

Je cherche dans ma mémoire et me souviens en rougissant que c'est le propriétaire des fesses bien rondes que j'ai lorgnées dans la salle blanche. J'avoue que je les ai regardées un peu trop longtemps pour mettre ça sur le compte de la curiosité.

Je jette un regard circulaire pour tenter de comprendre ce qu'il se passe, mais l'homme me met un violent coup dans les côtes avant de hurler :

— Comment on sort d'ici ?!

Le souffle coupé par la violence du coup, je secoue la tête et lui dis faiblement les larmes aux yeux :

— Je ne sais pas.

Je ravale un sanglot. On ne m'avait jamais frappée avec une telle violence. Voire frappée tout court ! On m'a toujours ignorée, mais *ça,* jamais…

Mes larmes coulent le long de mes joues, laissant des traces sur le sol caillouteux, et mon ventre me fait mal. Je me roule en boule et me demande pourquoi il s'en prend à moi. J'éprouve un violent sentiment d'injustice, tout à coup. Je n'ai jamais fait de mal à personne ni n'en ai souhaité, et là on s'en prend gratuitement à moi. Je geins quand il m'empoigne par la robe et me force à plonger dans son regard rougi où ne semble régner que la folie. Je renifle et le supplie mentalement de me laisser tranquille. Mais quelque chose me dit que mes supplications doivent rester silencieuses si je ne souhaite pas recevoir de nouveaux coups.

— Tu étais avec moi dans la pièce blanche, je murmure, nageant en pleine incompréhension et tentant une approche moins directe.

Peut-être que si je lui rappelle que nous venons du même endroit, il me laissera partir…

— T'es une futée, toi ! ça, c'est ce que tu veux me faire croire ! Mais je ne suis pas un idiot et je t'ai reconnue malgré ton déguisement et ton air innocent… Tu es un démon !

Un démon ?! Genre avec des cornes sur la tête et tout ça ?!

C'est la deuxième fois qu'il m'appelle comme ça. Donc il m'agresse parce que, selon lui, je suis un démon ?

— Ben, non ! je lâche, complètement décontenancée par son raisonnement.

Je ne sais pas à quoi ça ressemble un démon, mais qu'il me confonde avec n'est pas vraiment un compliment, je crois. Il rit bizarrement, et là, je me dis qu'il est carrément barré et moi, mal barrée !

— Pourquoi tu crois que je suis un démon ? je finis par lui demander, mettant un terme à son rire étrange par la même occasion.

Il renifle comme un cochon épileptique et me souffle en me scrutant de ses yeux rouges :

— Je t'ai vue passer le mur.

Je tente de me souvenir de quel mur il parle et me souviens immédiatement de celui où je suis restée coincée. J'avoue que j'aurais préféré qu'il n'y assiste pas ! Du coup, maintenant, je n'ai plus mal là où il m'a frappée, mais à l'estomac ! Je suis morte de honte !

— Certes, ce n'était pas très glorieux, mais je suis morte très rapidement et mon régime n'a pas eu l'effet escompté…

— Mais putain, qu'est-ce que tu racontes ? Tu cherches à m'embrouiller ? me coupe-t-il en hurlant.

— Je… Eh bien, il n'y avait pas d'autre issue et mes fesses étaient… Je ne termine pas cette phrase, déjà assez embarrassée comme ça par ce souvenir.

Il me secoue et je me mets à pleurer carrément.

— Je t'ai vue avec l'*ubi vermis* ! crie-t-il.

Mon cerveau mouline rapidement. *C'est quoi ce truc ?*

J'ai beau réfléchir, je ne comprends absolument pas de quoi il parle !

— Le ver des sables, finit-il par lancer, visiblement agacé par mon manque de connaissance.

Donc, si je résume, maintenant, en plus de ne pas avoir le physique « ange », je n'ai pas non plus le niveau linguistique requis. Si j'avais su, j'aurais fait latin ! Rectification. Si j'avais su, je ne serais pas montée sur ces foutus W.-C. !

— Et ?! je m'exclame, contente malgré moi d'en avoir fini avec l'épisode où mes fesses sont restées bloquées dans un trou.

Ce qui est complètement idiot, puisqu'il me prend toujours pour un démon et qu'il risque d'être encore violent avec moi.

— Comment ça, « et » ? lance-t-il en secouant ses cheveux blonds.

— Toi aussi tu l'as passé, ce mur… Et tu n'es pas un démon, enfin je ne crois pas…

Je crois que je préfère vraiment la compagnie du ver ! me dis-je alors que je le vois réfléchir à ce que je viens de lui rappeler.

Mon raisonnement est plutôt logique…

— Alors pourquoi tu t'es enfuie tout à l'heure ? m'interroge-t-il comme si, là, il tenait une preuve évidente de mon côté démoniaque.

Je me demande un instant si sa question est bien sérieuse. Il n'ajoute rien et attend visiblement ma réponse… *Donc c'est sérieux !*

— Tu fais référence au moment où tu m'as étranglée ?! je l'interroge, histoire qu'il n'y ait pas de nouveau malentendu.

Il ouvre puis ferme la bouche, et je reprends, incertaine :

— Je crois que tu n'es pas dans ton état normal…

Ou, si c'est le cas, ils prennent vraiment n'importe qui dans leur club d'anges !

Il me relâche et se laisse tomber lourdement à côté de moi. Il se passe les mains sur le visage. Je me mords la lèvre, combattant la pitié qui monte en moi devant son air perdu. Finalement, je passe doucement ma main dans son dos pour le réconforter.

— L'Enfer affecte nos émotions, énonce-t-il comme s'il récitait une leçon.

— OK, je lâche, ne sachant pas vraiment quoi dire d'autre à un type qui voulait me tuer il y a à peine quelques secondes.

Je retire ma main et ceins mes genoux avec mes bras en espérant que ça soulagera mes fesses, qui apprécient modérément la présence des cailloux. Je suis sûre que je vais avoir des éraflures sur le popotin !

— Je m'étais pourtant préparé, je savais dans quoi je m'engageais, mais j'ai l'impression que mon esprit m'échappe au fur et à mesure que j'avance, reprend mon agresseur repenti, visiblement encore un peu sous le choc.

— Tu t'es préparé ? je demande, surprise.

J'ai vraiment loupé tant de choses que ça dans la salle blanche ?

— Oui, j'ai passé les quatre cents dernières années à m'entraîner, et là je me rends compte que finalement rien ne prépare vraiment à traverser l'Enfer, continue-t-il comme s'il réfléchissait à haute voix.

— Ah oui, quand même, quatre cents ans, c'est beaucoup !

Il ne dit rien. Je fronce les sourcils et reprends, sous le choc de ce que je viens d'apprendre :

— Mais tu es resté longtemps dans la salle blanche, quand même !

Il se met à rire et me scrute comme si je n'étais qu'une petite chose insignifiante et inculte.

— J'ai oublié que tu étais une *renata* ! lance-t-il en se levant.

— Une *renata* ?!

C'est pas le nom d'une espèce de grenouilles, ça ? Il me traite de grenouille ?

— Tu comprendras un jour… ou pas ! finit-il en partant dans la brume.

Je bondis et lui lance :

— Non mais attends ! Je ne sais pas comment on sort d'ici et en quoi ça consiste tout ça, et…

Il réapparaît et me dit, dédaigneux :

— Tu ne crois quand même pas que je vais te laisser gagner juste parce que j'ai failli t'arracher la tête par mégarde ?

M'arracher la tête par mégarde ? Il sait faire rêver les filles, celui-là !

Je passe ma main le long de ma gorge avec une grimace et, alors que je pense qu'il en a fini avec moi, il soupire et me sort :

— C'est à toi de trouver comment sortir d'ici, je ne t'aiderai pas. Il est hors de question qu'une petite *renata* boulotte gagne !

Je baisse les yeux et combats mon envie de pleurer à nouveau. Je devrais avoir l'habitude des critiques telles que celle-là, mais non, cela me fait toujours autant de peine.

Vivants ou morts, les gens restent les mêmes !

— Je ne sais même pas ce qu'il y a à gagner, je murmure plus pour moi que pour lui.

Je sais qu'il faut que je fasse tout ça pour devenir un ange. Mais ça consiste en quoi, être un ange ?

— Ça, je vais te le dire, pour que tu y penses et repenses chaque seconde des prochains millénaires que tu passeras à souffrir en Enfer, commence-t-il en s'approchant lentement de moi. Si tu gagnes, tu seras presque l'équivalent d'un dieu. Tu auras le pouvoir de vie ou de mort sur les mortels et les *renata* comme toi, continue-t-il en enfonçant son doigt dans ma cage thoracique. Tu seras *Tout*, finit-il en repartant.

Il s'arrête à la lisière de la brume et me lance, narquois :

— Mais tu ne gagneras pas !

Je regarde la brume et me dis que je n'ai pas compris grand-chose à son charabia, en fait !

Tout ?! ça ne veut rien dire ! Bon sang, il en tient une sacrée couche, celui-là !

Il vaut mieux qu'il retourne dans son brouillard.

Je soupire et décide de reprendre mon chemin pour la simple et bonne raison que j'ai vraiment mal aux fesses sur les cailloux ! Je me lève, masse mon fessier douloureux, regarde à gauche, à droite, le joue au ploum-ploum et pars à gauche. Je choisis de longer le mur, espérant trouver un trou, une porte, un truc qui me permette de sortir d'ici, quoi ! En plus, il y a moins de brume de ce côté-là, ce qui n'est pas un argument négligeable dans la mesure où je préférerais éviter de croiser un nouveau cinglé qui voudrait m'arracher la tête…

Ou un chien énorme à plusieurs têtes !

J'observe le molosse, les yeux écarquillés.

Cerbère…

Je suis nulle en mythologie et tout, mais lui, je sais qui il est ! C'est le chien de Hadès, il garde les enfers ou les limbes ou la maison du Hadès en question…

Zut, je ne sais plus !

Mais en tout cas, je crois que la porte est derrière lui. Ce qui n'est pas franchement pratique vu la taille de l'animal. Sans compter qu'il a quand même trois têtes avec des mâchoires acérées !

J'incline un peu la tête de gauche à droite, pour tenter de voir une porte, mais ne vois pas grand-chose, à mon dam. Je soupire parce que je suis quasi certaine que la sortie est derrière lui…

Mais je ne suis pas non plus certaine certaine !

En plus, là, il dort, mais j'ai peur qu'il se réveille et me dévore. Donc, si je fais un point sur les choix qui sont à ma portée, ce n'est pas très folichon !

Soit je profite de sa sieste pour me faufiler derrière lui, sans la certitude qu'il ne se réveille pas pour me bouffer et qu'il y a bien une issue derrière lui.

Soit je continue mon chemin en espérant trouver une porte un peu plus loin et qu'il ne se réveille toujours pas.

Alors ce qui m'embête dans les deux cas…

Je suis coupée dans mon analyse approfondie de la situation quand un sifflement se fait entendre un peu plus loin.

Non mais quel est le con qui vient de réveiller le colosse !

Je sens que je me liquéfie carrément quand l'animal se redresse et tourne ses trois grosses têtes dans ma direction. J'ouvre puis ferme la bouche. Je ne sais pas quoi faire ! Courir, me rouler en boule, paniquer… ?

— Couché ! je lui ordonne fermement en me demandant ce qui vient de me passer encore par la tête.

Betty, tu es complètement folle !

Le gros chien me scrute et se couche sous mon regard mi-paniqué, mi-interloqué. Je crois qu'entre le ver et Cerbère, on peut dire que j'ai un don avec les animaux ! Peut-être que c'est ce que l'on appelle le karma et que tous les chats que j'ai pu sauver de mon vivant m'ont donné un genre de superpouvoir…

J'aurais préféré un truc plus dans le genre Superman quand même ! Une super vitesse, une force surhumaine, pouvoir voler… quelque chose de cool, quoi ! Mais bon, je suis malgré tout satisfaite car, en fin de compte, ça m'aura bien servi.

Ma satisfaction est de courte durée, puisque le sifflement retentit à nouveau. Cerbère se redresse et, au comble de la folie, je lui lance « attaque ! » en montrant la direction du bruit.

Le chien se met à courir et j'entends :

— Espèce de garce de *renata* !

Bon, maintenant je sais quel est le con qui a réveillé le chien, me dis-je en ne perdant pas une seconde et me dirigeant vers la tanière de l'animal.

Je souris fièrement quand je vois une immense porte en bois massif. J'appuie sur la poignée et, quand j'ouvre, ma mauvaise conscience me tiraille. Il n'était certes pas gentil, mais il ne méritait pas non plus de finir sous les crocs de Cerbère. Je soupire, mets mon index et mon majeur dans ma bouche et siffle pour rappeler l'énorme chien. Les cailloux sur le sol bougent et lorsque je vois l'animal en approche, je referme la porte derrière moi.

Je ne sais pas si ça aura sauvé l'autre idiot de blondinet, mais au moins je n'aurai pas l'impression de l'avoir mené à une mort certaine. Je jette un coup d'œil circulaire et…

J'imaginais les limbes autrement... On se croirait dans un loft new-yorkais !

— Bonjour, me salue une voix masculine à ma droite.

Je me tourne, et là, je crois que ma mâchoire vient de se décrocher. Un type de près de deux mètres taillé en V, des épaules mesurant bien deux fois mon derrière, des cheveux noirs humides qui lui retombent sur un visage carré, des yeux marron rieurs et le tout uniquement vêtu d'une minuscule serviette de bain, se tient devant moi. On croirait la réalisation d'un de mes fantasmes en chair et en os. Ma bouche devient sèche tout à coup. Et j'ai chaud aussi !

— Ce n'est pas très poli d'entrer chez les gens sans frapper et en plus de ne pas saluer l'hôte !

J'avale difficilement ma salive et réponds avec une voix proche du miaulement :

— Bonjour, je suis Betty.

Il passe une main dans ses cheveux humides et me sort en souriant, toutes fossettes sorties :

— Bonjour, Betty, je suis Hadès.

— Hadès ?! je répète, le regard subjugué par ses abdos.

— En personne !

— Je vous imaginais moins..., je souffle, les yeux rivés sur le bord de sa serviette et ses tablettes de chocolat cent pour cent pur muscle.

— Grand ? tente-t-il, visiblement de plus en plus amusé.

— Ouais ! je sors, à bout de souffle.

— Bien, Betty, en quoi puis-je vous aider ? me demande-t-il en positionnant ses mains sur ses hanches.

— Je… je… je dois aller au Paradis, je réponds doucement.

Il se met rire, secoue la tête et s'en va, me laissant seule toujours devant la porte d'entrée. Je regarde autour de moi et me demande si je dois le suivre, puis je me rappelle qu'il ne porte qu'une petite serviette et que mon geste risque d'être mal interprété. Je grimace, passe mes mains sur ma robe blanche qui a connu des jours meilleurs et décide d'attendre qu'il prenne le temps de s'habiller. Je me suis déjà introduite chez lui sans frapper, donc on ne va pas pousser trop loin l'impolitesse non plus.

J'attends… puis j'attends… et j'attends encore…

Je me mords la lèvre et commence à trouver le temps long. Il fallait peut-être que je le suive, en définitive ? Ou alors il met du temps pour se vêtir ? Après tout, je ne connais pas Hadès. C'est peut-être l'un de ces hommes qui aiment prendre soin d'eux… Je dois avouer que je n'y connais pas grand-chose en homme tout court. Avant de mourir, je n'avais jamais, jamais, mais alors vraiment jamais vu autant d'hommes aussi peu vêtus. Ni pareil spécimen. Il m'est arrivé d'aller à la piscine, mais ce n'était pas pareil.

Soyons honnêtes, il est très loin du Hadès de Disney. Lui, il a… Je soupire et l'image de son torse me revient. *Mouais, je confirme, rien à voir!*

D'ailleurs, si je m'en sors je ferai une lettre de réclamation à Disney, parce qu'il y a tout de même pas mal de différences entre le dessin animé et la réalité!

En attendant, je patiente encore. Je tripatouille mes doigts, attrape une mèche de mes cheveux châtains et la lisse en soupirant. Le fait que la nuit ne semble jamais tomber est un problème, car on n'a aucune notion du temps. Je patiente peut-être depuis quelques minutes, comme plusieurs heures. Je ne sais pas…

J'avise le canapé un peu plus loin et hésite à aller m'y installer. Ce ne serait pas très poli, mais je commence à en avoir marre d'être debout, donc mon cœur balance. Je me mords la lèvre, jette un coup d'œil à gauche puis à droite et finis par aller m'y installer.

Mes yeux balaient la pièce et je suis amusée par la décoration qui fait très… pas Hadès, ou plutôt, pas Enfer. Le fait est que je ne pensais pas qu'il vivait dans une sorte d'appartement de luxe. Une grotte sombre m'aurait paru plus adaptée! Mais bon, je ne l'imaginais pas non plus avec un tel physique, donc maintenant que je l'ai vu le loft lui ressemble plus.

Je balance légèrement mes jambes d'avant en arrière et scrute en silence un tableau affreux avec un dauphin qui a une queue multicolore. Je sursaute lorsque j'entends quelqu'un se racler la gorge. Je me tourne et vois une femme d'une beauté à couper le souffle qui m'observe, un sourcil relevé. Elle est brune et porte une robe d'été en satin rose pâle.

— Oh... Euh, bonjour, je tente, mal à l'aise.

— Bonjour ! lance-t-elle en croisant les bras sur sa poitrine, attendant visiblement une explication.

— Je suis désolée, je me suis permis de m'installer pour patienter, mais je ne voulais pas vous sembler malpolie, je tente en me levant et passant mes mains sur ma robe toute sale, gênée.

— « Malpolie » ?! répète-t-elle, surprise.

— Oui, Hadès est parti se vêtir et... (Je la vois blanchir tout à coup.) Non mais c'est que je suis arrivée sans prévenir, aussi ! Je ne savais pas que cette porte menait... ici, je termine en rougissant, de plus en plus embarrassée.

Elle se pince l'arête du nez et hurle :

— Hadès !

Il arrive quasiment immédiatement et, cette fois-ci, vêtu ! Je rougis encore plus au souvenir de ce qui se cache maintenant sous une chemise noire.

J'avoue que même dans son costume sombre, Hadès est très…

— Qu'est-ce que c'est que ça ? lui demande la femme en me montrant du doigt, ce qui me coupe immédiatement dans mes pensées pas réellement adaptées à la situation.

— C'est Kerry, lui répond-il avec un grand sourire.

— En fait, je m'appelle Betty, je le contredis avec une toute petite voix.

— Oui, Kerry, Betty, c'est tout pareil ! rétorque-t-il en balayant ma remarque du revers de la main.

S'il le dit !

— Pourquoi elle traîne dans notre salon ? l'interroge la femme, visiblement furieuse.

— Elle est arrivée après ma gym, je me suis habillé, puis… je l'ai oubliée, avoue-t-il.

Il m'a oubliée ! Sympa !

— Nous avons déjà eu cette conversation ! Je ne veux pas que tu laisses traîner tes affaires partout dans la maison ! crie-t-elle.

« Ses affaires » ?! Super, j'ai l'impression d'être une de ses paires de chaussettes, maintenant !

— Perséphone, ma puce, ne t'énerve pas, je vais la ranger, promis, lui susurre-t-il en s'approchant d'elle, séducteur.

— Qu'est-ce que vous entendez par « ranger » ? je les coupe, curieuse.

Ils se tournent de concert vers moi et m'observent, intrigués par ma demande.

Silence.

— Non, parce que moi, je veux juste que l'on m'indique le chemin pour aller au Paradis, en fait, je dis tout bas en triturant mes doigts.

Perséphone m'observe, un sourcil relevé, et Hadès devient carrément hilare.

Dois-je en conclure que ce n'est pas bon signe ?

— Bon sang, Hilary, j'avais oublié à quel point tu es drôle ! lance Hadès en reprenant son souffle.

— En fait, c'est…

Je n'ai pas le temps de finir qu'il sort en regardant sa compagne :

— Ma Camomille, tu es sûre que tu ne veux pas qu'on la garde ? Elle est toute petite et ça faisait longtemps que je n'avais pas vu de machin aussi mignon !

— Je ne veux pas m'imposer, je dis doucement.

Sauf que plus personne ne m'écoute !

— Hadès, tu avais dit pareil pour le chien ! Maintenant, regarde-moi cet énorme truc ! Tu te rends compte à quel point ses poils sont difficiles à nettoyer ? lui rétorque-t-elle, visiblement pas convaincue par l'idée.

— Peut-être juste la direction ? je tente à nouveau.

— Ne sois pas de mauvaise foi, Perséphone, ce n'est pas toi qui ramasses les poils et Leslie n'en a aucun ! De plus, elle a déjà sa taille adulte, donc pas de mauvaise surprise.

Est-ce qu'il se rend compte qu'il change de prénom chaque fois ? Et que je suis présente, aussi ?

— Je vous assure, je ne souhaite pas m'imposer donc…

— Certes, je ne ramasse pas les poils, mais je les subis tout de même ! Cet affreux clébard n'est même pas fichu de monter la garde comme il faut !

— Je te l'accorde, ce n'est peut-être pas le meilleur chien de garde, mais avoue que tu as fini par t'y attacher.

— Peut-être bien, mais je ne veux pas d'autres animaux de compagnie.

— Bien ! Allez, Jerry, on y va ! sort-il en m'indiquant sa gauche.

— Je ne suis pas certaine d'avoir très envie de vous suivre, je souffle, inquiète tout à coup.

La tête basse, je caresse le tapis crème du bout de mon pied nu et reprends, mal à l'aise :

— Je veux juste aller au Paradis !

— Donc, tu es sérieuse ? m'interroge Perséphone, visiblement intriguée.

— C'est l'ange Gabriel qui m'a dit que je devais aller au Paradis pour devenir un ange, j'explique toujours tout bas.

On ne sait jamais, s'ils connaissent Gabriel, j'ai peut-être une chance qu'ils m'écoutent.

— Un ange ?! s'exclame Hadès. C'est pour ça que tu es ici ? Je croyais que tu… En réalité je ne sais pas, mais pas que tu voulais devenir un ange !

— C'est vrai que tu n'as pas vraiment le profil ! lance Perséphone en me scrutant de la tête aux pieds.

Même au bout de la dixième fois que l'on me fait la remarque, c'est toujours aussi vexant !

— Oui, j'ai…

— Tu savais qu'ils faisaient un recrutement ? me coupe-t-elle en s'adressant à Hadès.

— C'était peut-être dans les derniers mémos, dit-il pensif.

— Non mais tu n'es pas possible ! Il y a un recrutement et tu ne le sais pas !

— De toute évidence, le niveau n'est pas très élevé cette année ! dit-il en me montrant du doigt.

Je confirme, c'est toujours aussi vexant !

— Ce n'est pas une raison ! Si elle est là, d'autres vont arriver et rien n'est prêt, encore !

— Ma Camomille, je sais à quel point tu aimes que tout soit parfait, mais peut-être que cette fois-ci, tu pourrais…

Il ne termine pas et je ne peux m'empêcher de me demander ce qu'ils doivent préparer. Elle se pince l'arête du nez et semble vraiment très énervée, tout à coup.

— Ce n'est pas un jeu, idiot !

Elle inspire et reprend plus calmement :

— Je vais me hâter de lancer les préparatifs pendant que tu la sors d'ici. De toute manière, j'ai envie de dire que, bon…

Elle grimace. J'en conclus que je n'ai définitivement pas le physique de l'emploi.

Et que tout le monde se fout de ma fierté !

— Je lui fais passer les limbes quand même ? demande Hadès.

— Tu crois vraiment que l'on n'a que ça à faire ! Tu te rends compte de la quantité astronomique de travail que l'on a !

Il soupire comme un gamin à qui l'on vient d'interdire de jouer à la console et m'attrape le bras en râlant.

— Et hâte-toi ! lui crie Perséphone alors que Hadès m'entraîne dans un couloir sombre.

Je le suis en silence et au bout d'un moment je finis par lui demander :

— Mais vous croyiez que j'étais qui, au début ?

— Est-ce vraiment important ?

Je hausse les épaules.

— Non, pas forcément, mais je suis curieuse.

Il finit par me répondre :

— Certains esprits arrivent à s'échapper, parfois.

— Je pensais que les esprits n'avaient pas de forme physique, je sors en me rappelant mon ami qui m'a si courageusement aidée dans le noir.

— Cela dépend où.

— Où dans l'Enfer ?

— Leslie, tu es bien curieuse pour un futur ange, soupire-t-il, agacé.

— Je ne pense pas que j'arriverai à en devenir un, je dis en me rappelant que tout le monde semble me donner perdante d'avance.

Je ne leur reproche pas non plus, il faudrait être aveugle pour ne pas avoir conscience que je ne suis pas à ma place dans cette espèce de compétition bizarre.

Hadès se met à rire, m'observe et me lance :

— Et pourtant !

Je secoue la tête, ne comprenant pas, et le vois appuyer sur une sorte de bouton d'ascenseur. Une cage transparente apparaît à ce moment-là et il m'explique :

— Tu appuies sur le bouton. Tu prends le couloir tout droit, puis la troisième porte à droite. Je ne t'accompagne pas plus loin, Perséphone est en colère et quand elle est en colère, c'est ma fête, finit-il en se frottant les mains, l'air rêveur.

« Sa fête » ?

— Si tu savais à quel point elle peut être imaginative… La dernière fois, elle m'a presque arraché un téton !

— Euh… OK, je lâche en le suppliant mentalement de ne pas me donner plus de détails.

— Enfin, amuse-toi bien au Paradis ! me salue-t-il.

— Merci, bon…

Non, il ne vaut mieux pas que je termine cette phrase, en fait !

Je toussote, mal à l'aise, et monte dans l'ascenseur. Il part avant même que les portes ne se referment. Je fronce les sourcils quand je remarque la petite musique d'ambiance qui accompagne ma montée. Décidément, rien n'est comme je l'aurais imaginé, ici !

J'arrive rapidement à destination et me retrouve étourdie devant le dédale de couloirs qui se retrouvent devant moi. Il y en a une infinité !

Je sursaute quand les portes métalliques commencent à se refermer et mets spontanément ma main pour les maintenir ouvertes le temps que je descende de la cabine. Je suis les instructions de Hadès et prends le couloir en face de moi. Je trouve la troisième porte à droite, l'ouvre et souris.

Le Paradis…

4

La loose au Paradis

Mes pieds s'enfoncent dans l'herbe grasse et bien verte.

Quelle sensation extraordinaire…

Je ferme les yeux et inspire l'air frais. Je n'ai ni trop chaud ni trop froid.

Juste ce qu'il faut, comme il faut…

Il y a des collines verdoyantes à perte de vue et un petit ruisseau en contrebas. Il n'y a ni fontaine à chocolat, ni licorne, ni arc-en-ciel, mais je me sens bien, tout à coup. Comme si au moment où j'avais passé la porte toutes mes tensions et mes interrogations étaient parties en fumée. Je m'avance sans but, mais cela m'est complètement égal parce que je me sens légère et heureuse comme je ne l'ai jamais été.

— Halte-là ! s'écrie une femme de bien deux têtes de plus que moi, vêtue d'une espèce de robe-armure.

Elle m'observe le regard mauvais mais je m'en fiche, je souris de toutes mes dents.

Elle ressemble à Xena la guerrière ! Elle a même une épée et tout !

— Je suis Betty ! je me présente, joviale.

— Qu'est-ce que tu fais là... Betty ? m'interroge-t-elle sèchement.

De toute évidence, elle ne partage pas mon bonheur d'être là, bercée par le chant des oiseaux !

— J'ai traversé l'Enfer, comme nous l'a demandé l'ange Gabriel, et me voilà ! je termine en chantonnant.

Au comble de l'euphorie, je me mets à danser les bras écartés.

J'aime cet endroit !

— Toi ? Tu as traversé l'Enfer ?

Je sais que je devrais être vexée de sa remarque mais, en fait, je m'en fiche ! Son avis glisse sur moi comme un phoque sur la banquise.

— Oui ! je sors en regardant le ciel bleu, ébahie par sa beauté sans commune mesure.

— Cela ne me dit pas ce que tu fais là.

Je m'arrête de gigoter et la regarde en souriant toujours.

— C'est parce que j'ai traversé l'Enfer !

— Tu n'es pas au bon endroit, me dit-elle.

Je hausse les épaules et lui avoue :

— Je m'en fiche, moi ! Tout ce que je voulais, c'était ne pas finir en Enfer... Tu sais, c'est pas très cool, comme lieu. Un coup, tu es dans le noir, un autre, tu as trop chaud, puis c'est le brouillard !

— J'ai compris l'idée, me coupe-t-elle.

Je passe mes doigts devant ma bouche comme si je la fermais avec une fermeture Éclair et, au bout de quelques secondes, je me remets à rire comme une tarte.

— Je n'ai jamais été aussi bien de toute ma vie ! je m'écrie, complètement euphorique.

— C'est normal, c'est l'air qui fait ça.

— Ouch ! L'air ne fait pas beaucoup d'effet sur toi !

— Il n'a aucun effet sur les anges gardiens et les dieux. Par contre, il rend fous les démons et euphoriques les *renata*, comme toi.

— Oui, il paraît que je suis une *renata* boulotte, je lui murmure avant de grimacer.

— Cela ne fait aucun doute !

Je réfléchis à ce qu'elle vient de me dire et fronce les sourcils.

— Je croyais qu'une fois au Paradis, je devenais un ange !

— Non, allez viens, me dit-elle en me faisant signe de la suivre.

Elle traverse la vallée verdoyante et je sautille, ramasse des fleurs, chante en la suivant. Nous arrivons dans ce qui ressemble à une ville.

— Comme c'est joli ! On se croirait chez Blanche-Neige !

— Oui, d'ailleurs, elle ne vit qu'à quelques pâtés de maisons d'ici.

— C'est vrai ? Je croyais qu'une fois avec le prince elle retournait dans son château !

— Non, allez avance.

— Non, elle ne retourne pas dans son château ? Mais pourquoi ?

— Non, Blanche-Neige ne vit pas ici. C'était une blague, et maintenant, dépêche-toi, tu es la dernière.

— Comment tu le sais ?

Elle ne répond pas et me pousse pour que je me hâte.

— Je ne comprends pas ce que tu fais là. Tes jambes sont toutes petites et boudinées. Tu ne sembles même pas agile ni futée !

— Pourtant, j'ai fait de la gym et je suis très forte aux jeux de société et en puzzle !

— Eh bien, ce n'est pas flagrant pour la gym, mais pour le reste, je veux bien te croire.

— Tu es vraiment une garce ! je lâche avant de rire.

— Et toi, t'es défoncée !

Je me fige en voyant un amas de personnes vêtues de blanc.

— Wahou ! Ils sont tous très très grands ! je souffle. Et athlétiques, aussi, j'ajoute en me frottant le visage.

— Tu es presque arrivée, avance, je ne te porterai pas ! me lance Xena la guerrière.

— Et très beaux ! je dis en me mettant sur la pointe des pieds pour être à la hauteur d'un homme brun qui me regarde bizarrement alors que je tripote son visage.

— Vous voilà enfin ! tonne une voix qui me fait instantanément frissonner de la tête aux pieds.

Quelque chose me fait dire qu'il ne faut pas le mettre en colère, celui-là…

— Avec toutes mes excuses, Votre Majesté…, commence Xena.

— Je suis Betty, je la coupe en me remettant à danser.

— Mais qu'est-ce que c'est que ce truc ? demande l'homme à la grosse voix en me désignant du doigt.

— Selon ses dires, elle fait partie du programme de recrutement, Votre Altesse. Mais je ne l'ai pas trouvée à l'arrivée, elle était devant le portail.

— Appelez-moi Gabriel ! ordonne l'homme tandis que je tripote à nouveau le visage de l'homme brun.

— Tu es vraiment tout parfait, je lui dis doucement en le scrutant dans les moindres détails.

Un type ailé apparaît et je reconnais immédiatement ses boucles brunes.

— Gabriel ! je m'exclame avant de lui sauter dans les bras.

— Dois-je en conclure qu'il n'y a pas d'erreur ? l'interroge l'homme à la grosse voix.

— Effectivement, j'ai vérifié le registre et…

Il s'arrête de parler quand je commence à lui tripoter les ailes.

Elles sont aussi douces que je l'avais imaginé.

— Mais, bon sang, personne ne veut la calmer ! tonne l'homme âgé.

J'ouvre la bouche mais aucun son n'a le temps d'en sortir qu'un jet froid m'inonde le visage puis le corps.

Je reprends ma respiration et mes esprits par la même occasion. Je jette un coup d'œil autour de moi comme si je venais de me réveiller d'un mauvais rêve et ne vois que des regards qui me scrutent, amusé, moqueur, dégoûté, curieux… Je croise les bras sur ma poitrine comme pour me protéger, mais ça n'agit pas. Ma gorge est serrée. J'ai envie de pleurer en repensant à quel point je me suis rendue ridicule et que je ne suis pas à ma place ici.

— Il suffisait de demander ! lâche une voix grave.

Un frisson me parcourt l'échine. Mon corps vibre à ce timbre d'une profondeur insondable. C'est comme si chacune de mes cellules s'éveillait après un long sommeil. Mon rythme cardiaque s'accélère. Je lève un peu les yeux pour voir qui vient de parler et en ai le souffle coupé. Je me sens complètement perdue en l'espace d'un regard. Cobalt, magnétique, hypnotique. Un homme brun se tient devant moi. Aucune émotion ne semble émaner de lui et contrairement aux autres, il porte un costume sombre semblant taillé sur mesure. Un instant je crois le connaître, mais j'ai beau fouiller dans ma mémoire, je n'en ai aucune certitude. Je n'aurais jamais pu oublier un homme pareil si je l'avais rencontré. Il est beau, très beau. Le genre de type qui en un regard vous cloue sur place et dont on tombe éperdument amoureuse en moins de temps qu'il faut pour le dire.

— En retard, comme toujours ! gronde l'homme que l'on nomme « Majesté ».

Je secoue la tête et reporte mon attention sur lui.

Est-ce que ce vieux bonhomme, c'est Dieu ? je m'interroge tout à coup en le scrutant.

— Bon, nous avons assez traîné ! dit-il avant de frapper dans ses mains.

Xena m'attrape par le bras et m'emmène rejoindre un groupe d'hommes et de femmes. Ils sont une dizaine. J'en reconnais quelques-uns qui étaient avec moi dans la salle blanche, dont le blondinet qui voulait m'arracher la tête.

— *Renata*, je suis surpris de te voir, minaude-t-il.

— Et moi donc, je croyais que ce brave Cerbère t'avait mangé ! je lance, surprise par la véracité de ma réplique.

Je redresse tout à coup la tête et suis fière d'avoir répondu, pour une fois.

Est-ce que je serais devenue une nouvelle Betty ? Une Betty conquérante ?

— Ne sois pas trop fière, la boulotte, nous savons très bien que tu n'y arriveras pas, me murmure-t-il avec un sourire arrogant.

Que je n'arriverai pas à quoi ? Je suis au Paradis, j'ai réussi, non ?

— Tristan, arrête de faire ton connard, si elle est là c'est qu'elle le mérite autant que toi ! lui sort une femme blonde presque aussi grande que lui.

Je suis vraiment la naine de service, en fait ! me dis-je en voyant que je suis de loin la plus petite.

— Tu veux parier ? Moi, je dis qu'elle ne tiendra pas plus de quarante-huit heures, lui lance Tristan.

Je baisse les yeux et me dis qu'il a certainement raison. Je ne sais pas comment j'ai réussi à arriver jusqu'ici ni ce qu'il va se passer par la suite, mais je vois bien que je ne suis pas à ma place.

— Ne l'écoute pas, me souffle la jeune femme. Je suis Tania, se présente-t-elle.

Je lève les yeux et souris timidement en me présentant à mon tour :

— Et moi, Betty.

— Je crois que tout le monde sait ça, se moque-t-elle gentiment.

Je rougis instantanément au souvenir de tout ce que j'ai fait et dit depuis mon arrivée ici.

— Pourquoi suis-je la seule à avoir été affectée par l'air ? je l'interroge, mal à l'aise par mon attitude à mon arrivée.

— Tu ne l'es pas ! On nous a simplement fait plonger dans la rivière avant d'arriver ici ! Tristan se prenait pour un chien, ajoute-t-elle sur le ton de la confidence.

Je maudis Xena en repensant à cette rivière que l'on a longée pour arriver jusqu'ici. Elle aurait pu m'y plonger, mais de toute évidence cela ne la dérangeait pas que je me ridiculise devant tout le monde.

J'ai caressé les ailes de l'ange Gabriel ! je chouine mentalement.

— Si tu pouvais choisir, tu irais chez qui ? me demande Tania, me coupant dans mes pensées.

Je secoue la tête, ne comprenant pas sa question.

— Chaque apprenti va être placé chez un ange pour son apprentissage. En fonction de ses résultats, il sera ensuite placé à un poste, m'explique-t-elle.

— Je croyais qu'une fois que l'on traversait l'Enfer et que l'on était arrivés au Paradis, on était officiellement des anges ! je râle avec l'étrange sentiment de m'être encore fait avoir.

— Oui et non, tu dois suivre une formation. Le fait de traverser l'Enfer t'a plutôt ouvert un droit à la formation.

— Donc, je ne risque pas de retourner en Enfer ?

— Non, enfin, je ne crois pas, mais être gardienne pour l'éternité est une perspective tout aussi horrible, crois-moi !

Je me mords la lèvre et mon regard tombe sur l'homme en costume sombre qui m'a arrosée. Ses yeux cobalt me transpercent. Mon souffle s'accélère. Plus rien n'existe hormis ses yeux et le tourbillon au creux de mon ventre…

— Lui, c'est La Mort, m'informe Tania. Il ne prend jamais d'apprenti, malheureusement.

— Soyons réalistes, même si cela avait été le cas, il n'aurait pas choisi la boulotte ! lance Tristan.

— Bon sang, mais on se demande vraiment comment tu as fait pour être choisi tellement tu es un connard fini ! lui crache Tania en le regardant avec dégoût.

— Princesse, j'ai été choisi parce que je suis un guerrier, un tueur de démons, et non parce que ma parole n'est qu'amour ou je ne sais quelle connerie du genre ! Nouvelle ère, nouvelle sorte de recrues et tu devrais le savoir. Il n'y a plus de place pour les mous du genou qui ne savent pas se battre.

— Un tueur de démons ?! je répète, surprise. Les anges gardiens, ce n'est pas pour sauver les âmes humaines ou apporter de l'amour ou de l'espoir ? je demande.

Ils m'observent tous les deux comme si je venais de dire quelque chose de choquant, voire de complètement idiot. Le blondinet se met carrément à pouffer. Tania lui donne un coup de coude dans les côtes et m'explique doucement :

— Non, Betty, les anges sont des guerriers. Ils protègent le Paradis des forces du mal.

— Mais, et les humains ?

Je ne comprends rien ! Qu'est-ce que je fais là, moi ?! Je ne sais pas me battre, et je me vois mal tuer quoi que ce soit ! Sans compter que les démons, ça doit être particulièrement difficile à tuer !

— *Renataaa*, se moque Tristan.

— Les humains ont ce que l'on appelle le « libre arbitre », ils font leurs propres choix. Parfois, certains anges interviennent, mais cela fait maintenant des millénaires que nous avons quitté la Terre.

— Parce qu'avant, les anges étaient sur Terre ?

Elle ouvre la bouche pour me répondre, mais on nous demande de nous mettre en rang à ce moment-là.

— Ils ont choisi, dit quelqu'un tout bas.

Je sens les autres autour de moi s'agiter et je réalise que je ne serai certainement pas choisie, ou bien par dépit.

Après tout, gardienne ça n'a pas l'air si mal que ça ! Et puis, cela vaut bien mon précédent poste chez Royal Gourmet…

Par contre, j'avoue que quitte à choisir, je préférerais me tenir à l'écart des combats avec les démons. Toute cette histoire me laisse perplexe.

Dieu doit être sacrément tordu !

Je jette un coup d'œil à Tania et Tristan qui trépignent d'impatience, puis à nouveau sur l'homme en noir qui se tient à l'écart d'un groupe d'hommes qui ont une discussion animée.

La Mort…

Il est vraiment très beau, bien plus que tous les autres, d'ailleurs. Il est moins colossal et il dégage une sorte d'aura de pouvoir qui avertit quiconque qui s'approcherait trop près qu'il risque sa vie. Ses yeux sont sans pareils : cobalt, métalliques, froids, intelligents, dépourvus d'émotions…

Il s'avance d'une démarche sûre et s'arrête à ma hauteur. Une voix dans ma tête me murmure « danger, danger », et je baisse les yeux, gênée par son regard qui semble sonder mon âme ou je ne sais quoi.

Ça doit être quelque chose de se faire déshabiller par un homme pareil, je songe tout à coup.

À cette idée, je me sens rougir de la tête aux pieds. Décidément, je ne sais plus me tenir ! Je crois que la mort ne me réussit vraiment pas !

Je rougis de plus en plus quand je constate que les yeux de ce dernier ne me quittent pas. Il reste planté devant moi et je n'ose plus bouger, ni respirer, ni quoi que ce soit, en fait ! Je triture mes doigts et le silence qui règne tout à coup n'est pas fait pour me rassurer. Je lève légèrement les yeux et vois que tout le monde me regarde.

Super ! Qu'est-ce que j'ai fait encore ?!

L'homme que l'on nomme « Majesté » (et dont je me demande si c'est Dieu), tousse pour s'éclaircir la voix, et le groupe qui discutait jusqu'à il y a quelques secondes se disperse. Certains se positionnent devant ma rangée et d'autres s'éloignent.

La Mort ne bouge pas d'un cheveu et continue de me fixer, inflexible. J'ai envie de m'enfoncer dans le sol et de disparaître !

— Bien, je suis ravi de constater que tous les apprentis ont été choisis. Je reste surpris par certains choix, mais l'avenir nous éclairera ! dit Sa Majesté en m'observant.

Bon, au moins on m'a choisie, c'est déjà ça !

— Apprentis, acceptez-vous de servir votre Maître durant votre formation ?

Un « oui » général se fait entendre. Pour ma part, je me sens un peu perdue, je ne comprends pas qui est mon Maître, en quoi cela consiste de le servir, et puis, la formation…

Tous les regards sont à nouveau braqués sur moi. *Super !*

— Vous devez dire « oui » ! lance le vieil homme, visiblement agacé par mon comportement.

Je me mords la lèvre et me mets à triturer mes doigts de façon anarchique. Mes yeux tombent sur La Mort qui m'observe toujours, impassible. Et c'est toujours aussi gênant, d'ailleurs !

— Je ne… sais pas… Et si je veux pas… Je veux dire que…, je bégaie en me sentant rougir, au comble du malaise.

— Si tu refuses, tu iras chez les damnés, car l'on considérera que tu as refusé le Paradis et l'Enfer en les traversant, m'explique finalement La Mort.

Sa voix est comme ses yeux, mélodieuse, mais froide.

Et pourtant, mon être vibre étrangement en l'entendant…

— Ça ne semble pas une perspective réjouissante, je murmure pour moi-même.

— Effectivement, dit-il, toujours sans la moindre émotion.

J'avale difficilement ma salive et demande tout bas :

— En quoi ça consiste de servir son Maître ?

Il relève un sourcil et je crois même l'avoir fait sourire furtivement, mais je n'en suis pas certaine.

— Je crois que l'intitulé est clair, répond-il en me scrutant toujours de ses yeux cobalt.

Des images indécentes me traversent l'esprit et je me fais rougir moi-même. Je n'aurais vraiment pas dû lire *Cinquante nuances de Grey* autant de fois !

— Comme ce que tu faisais chez ta grand-mère, ajoute-t-il finalement.

Peut-être a-t-il compris à quoi je pensais… Pourvu qu'il n'ait pas compris !

Je fronce les sourcils lorsque ses paroles montent enfin à mon cerveau.

— Je ne servais pas ma grand-mère !

— Vraiment ?

— Il est vrai que je m'occupais du ménage, des repas, des courses… Mais elle était très âgée ! je me défends.

Il ne dit rien. J'entends quelqu'un soupirer au bout d'un moment et finis par lâcher le « oui » tant attendu.

— Eh bien, ce n'est pas trop tôt ! s'exclame Sa Majesté. Bon, nous avons assez perdu de temps, lance-t-il avant de disparaître.

J'espère vraiment que ce n'est pas Dieu, sinon ce serait excessivement décevant ! Remarque, tout dans cette aventure est décevant. Je n'ai jamais pensé à ma mort ni au Paradis, je ne suis pas particulièrement croyante non plus, mais je n'imaginais tout de même pas tout cela comme ça !

— Tu es déçue ? me demande La Mort toujours, qui n'a pas bougé.

Je me rends compte que tout le monde s'éparpille autour de nous.

— Je ne comprends pas ce qu'il se passe, et personne ne semble vouloir m'expliquer, je murmure en sentant mes yeux me piquer.

Je combats du mieux que je peux les larmes qui menacent de jaillir, mais elles ne m'écoutent pas. Tout ce que j'ai vécu depuis ma mort aussi brutale que pathétique ressort tout à coup. Une larme coule le long de ma joue et je l'efface d'un geste rageur de la main.

— Tu pleures ? demande-t-il à voix basse, comme s'il était ahuri.

— Non, je murmure avant de renifler.

Il s'approche à quelques centimètres de moi, et pour une raison que j'ignore j'ai envie de fondre dans ses bras, de me laisser bercer par sa chaleur et de tout oublier. Mais je ne le fais pas. Je continue de tenter de contenir mes larmes. Je sens son regard bleu détailler chaque partie de mon visage. Je garde les yeux en direction du sol et sursaute lorsque je sens son pouce récolter une larme perdue sur ma joue.

Je lève le menton et mon souffle se coupe à nouveau quand je plonge dans son regard. Je fronce les sourcils quand ses yeux prennent une couleur argentée. Je suis complètement subjuguée.

— Tu pleures, répète-t-il tout bas, toujours aussi surpris.

— J'ai des… allergies ! je tente en reniflant à nouveau et en criant à mon cœur de se calmer.

— Tu es morte, tu n'as pas d'allergie… Tu es très… particulière, Betty.

Je n'ai pas le temps de répondre que j'ai bien compris que je n'ai rien à faire ici qu'il s'est déjà écarté, redressé et me lance, autoritaire :

— On ne doit pas rester ici, garde la tête baissée et ne parle avec personne à part moi.

À ces paroles, mon cœur calme sa course folle instantanément et j'observe le bellâtre aux iris glaçants un sourcil relevé. Je suis bonne poire, timide, un peu Miss Catastrophe, enfin beaucoup de choses, mais pas une potiche sans cervelle !

— Betty, je suis ton Maître et tu me dois obéissance. Il serait dommage que tu sois punie dès la première heure !

« Punie » ?! Mais il se prend pour qui ?

Je ne baisse pas les yeux et pour le coup, mes larmes ne coulent plus. J'ai été élevée par une mère célibataire et une grand-mère acariâtre, on m'a beaucoup ignorée, jamais trouvée très intéressante, malgré tout on m'a appris qu'aucun homme n'avait le droit de parler comme ça à une femme.

— Je vais être punie parce que je refuse d'être traitée comme une potiche ?! je demande en croisant les bras sur ma poitrine.

— Bien, lance-t-il avant de m'attraper et de me jeter sur son épaule comme un vulgaire sac de pommes de terre.

— Non mais laissez-moi descendre ! C'est quoi ces façons de faire ?! je crie en tapant des mains et des pieds.

En réponse, il me tape sur les fesses et me sort, visiblement amusé :

— Très intéressante !

Bon sang, son corps encore humide contre le mien est un supplice ! Mais c'est la seule solution que j'ai trouvée pour calmer l'ardeur qui m'a saisi en voyant son corps voluptueux dévoilé au grand jour.

Je devais lui jeter le seau d'eau, je me raisonne comme je peux.

Je n'avais juste pas prévu que sa robe blanche deviendrait transparente ! Ni que je la choisirais comme apprentie, cela dit. Mais dès que j'ai plongé dans son doux regard marron, la chose m'a semblé évidente. Pourtant, à présent que celle qui m'obsède nuit et jour depuis que j'ai fauché son âme se trouve contre moi, je ne suis plus sûr de rien !

Je ressens des choses que je ne devrais pas ressentir… Betty, qu'est-ce que tu me fais ?

5

La Mort est mortelle

Je remue doucement les fesses de gauche à droite et soupire bruyamment pour montrer mon mécontentement… Même si cela est *a priori* sans effet.

Je n'en reviens pas. Il m'a fait traverser tout l'espèce de village sur son épaule et une fois arrivés à sa chaumière, il m'a jetée sur son énorme canapé d'angle noir et est parti faire je ne sais quoi ! Du coup, je suis assise dans le salon les bras croisés et tente d'adopter un air fâché. Ce qui n'est pas facile, car je ne suis pas très douée pour la colère envers les autres. Même si en ce moment, je suis vraiment très en colère !

Je jette un coup d'œil en direction de là où il est parti, mais ne vois rien hormis un couloir sombre. Je me mords la lèvre et me demande ce qu'il trafique. Je pourrais y aller, mais je pense qu'il est important que je montre que je ne suis pas contente de la façon dont il m'a traitée ! *Mais est-ce que ce n'est pas également lui donner raison que de patienter sur le canapé ?*

Il réapparaît à ce moment-là avec une pile de vêtements noirs et me la tend.

— Va te préparer, nous avons du travail.

Je regarde le tas de tissus, puis lui. *Sérieusement, il ne voit pas que je boude ? Et c'est quoi cette histoire de travail ?*

— Je n'ai rien contre le fait de te laver et te vêtir moi-même, Betty, m'avertit-il.

Je me mets à rougir à l'idée de ses mains qui s'agiteraient sur mon corps, encore plus quand je me dis que cela ne me dérangerait pas. J'attrape les vêtements sèchement en espérant qu'il n'a pas remarqué mon embarras.

— Ta chambre est au fond du couloir à droite, sois rapide ou je mettrai mes menaces à exécution.

Je lui jette un coup d'œil et ses yeux cobalt m'avertissent qu'il ne plaisante pas. Je cours presque jusqu'à ma chambre, je ne veux pas savoir s'il est sérieux ou non. J'ouvre la porte et regarde la pièce les yeux écarquillés.

— Non mais c'est une blague ! je râle en tournant sur moi-même.

Je retourne dans le couloir et lui dis :

— Mais la pièce est remplie de livres ! Il y en a partout !

— Et ?

— Et c'est pas une chambre ! On ne peut pas y dormir ou…

— Ou ?

— Ou… s'y reposer !

— Je ne crois pas t'avoir dit de te mettre au lit, mais plutôt de te laver et de t'habiller.

— Il n'y a même pas de salle de bains !

— Il va falloir que tu améliores ton sens de l'observation, il y a une porte sur le mur de gauche et je commence vraiment à perdre patience. C'est la dernière remarque que je te fais, Betty.

— Oui, sinon, je serai punie ou je ne sais quoi !

Il n'ajoute rien et reporte son attention sur la grosse horloge du salon. D'ailleurs, il doit avoir une fascination pour les horloges parce qu'il y en a partout !

*Serait-il un genre de lapin d'*Alice au pays des merveilles *version Dieux du stade ?*

Je soupire et garde pour moi les interrogations sur les horloges et mon sentiment quant à son physique aussi. Mais bon, son physique ne suffit pas, car il a beau être très sexy, il reste autoritaire, voire presque despotique. Je retourne dans la chambre, escalade les livres et trouve enfin la porte en question.

Bon, au moins, il s'agit bien d'une salle de bains ! Je m'arrête devant le grand miroir et observe mon reflet les yeux écarquillés. Certes, j'ai les cheveux dans tous les sens, je suis sale, mais ce qui retient surtout mon attention, c'est que ma robe blanche est encore mouillée et surtout transparente ! On ne voit que mes seins ! Je me suis trimballée comme ça ! Et personne ne m'a rien dit ! Je me mords la lèvre et recommence à pleurer.

— Betty, je n'entends pas l'eau, lance La Mort depuis l'autre côté de la porte.

Je jette un regard mauvais dans cette direction, finis par retirer la robe de la honte et filer sous la douche. Je me savonne rapidement avec un produit dont l'odeur est agréable mais bizarre et constate que j'ai étonnamment perdu mes poils de jambe en route. Je caresse plutôt satisfaite mes mollets dont la peau ne m'a jamais semblé aussi douce et sursaute lorsque l'horloge sonne un coup.

— Zut ! je jure avant de me hâter de peur que La Mort ne fasse son entrée dans la salle de bains.

Il en a assez vu de mon anatomie pour aujourd'hui !

J'éteins l'eau et saisis le drap qui, je crois, doit faire office de serviette. Je me sèche rapidement et défais enfin les vêtements noirs pour les regarder.

— Non mais c'est pas sérieux !? je lâche en reconnaissant le costume noir en question.

Je le déplie et me demande comment je vais rentrer là-dedans. Je commence par la chemise et ne sais pas quoi penser des manches trop longues, du fait qu'elle m'arrive en dessous des genoux et surtout qu'elle a du mal à fermer au niveau de ma poitrine.

J'éternue et mes seins se font la malle !

Je tente le pantalon, mais il ne passe même pas la moitié de mes cuisses.

Je n'avais pas encore eu mon quota de honte, il faut croire !

Je retire le tout, attrape le drap et m'entortille dedans. Je tente de garder un air digne (et c'est vraiment pas facile dans une situation pareille) et ouvre la porte.

— Tu n'es pas habillée, constate-t-il en me regardant de la tête aux pieds.

— Je… je…

Bon sang, dis-le, Betty !

— Je conçois que ce ne soit pas très féminin mais, en attendant d'avoir mieux, ce sont des vêtements… corrects.

Donc, il avait remarqué que ma robe était transparente !

— Je… Ce n'est pas à ma taille, je finis par dire tout bas, un peu honteuse.

— Plie les manches et le pantalon.

— La longueur n'est pas le problème.

Il fronce les sourcils et je crois que je me sens flattée qu'il puisse penser que mes fesses ne sont pas si grosses que ça.

— Même la chemise ?

Je me sens rougir des pieds à la tête, et mon état ne s'arrange pas quand son regard se pose sur la partie de mon anatomie qui pose souci. Je croise les bras sur ma poitrine et ses yeux remontent enfin jusqu'à mon visage.

— Coiffe-toi, je reviens.

Il n'attend aucune réponse de ma part et s'en va.

Mais c'est quoi cette manie de donner des ordres sans arrêt ! me dis-je en retournant dans la salle de bains malgré tout.

J'attrape le peigne, ordonne ma chevelure et me fais une tresse. J'attache le tout avec un morceau de ficelle qui traîne et sursaute lorsque je croise le reflet de La Mort qui m'observe dans mon dos, impassible. Je me tourne, cherche des vêtements et constate qu'il n'en a pas, hormis un drap noir.

— Je préfère ne pas... remettre la robe blanche, je murmure.

Je me garde de lui expliquer pourquoi, mais il ne pose pas non plus de question à ce sujet. Je crois qu'il aurait fallu être aveugle de toute manière pour ne pas voir qu'elle était transparente !

— Je n'avais pas prévu de...

Il réfléchit à la suite de sa phrase et il me revient en mémoire les paroles de Tania.

— De prendre d'apprenti ? je termine pour lui.

— Entre autres, effectivement.

— Si vous n'en prenez jamais, pourquoi m'avoir choisie ?

— En attendant de trouver une tenue plus adaptée, on va essayer de faire une robe avec ce drap, dit-il comme s'il n'avait pas entendu ma question.

Je décide de ne pas insister, car quelque chose me dit que je ne vais pas apprécier la réponse. J'acquiesce, ce n'est pas comme si j'avais le choix, de toute façon.

Il me tend des épingles à nourrice avec le morceau de tissu et balaie des yeux mon corps, ou plutôt le drap dans lequel je me suis enroulée.

— Peut-être en le nouant autour de ton cou...

J'attrape vivement ce qui est censé me vêtir et me rends compte que je suis vexée qu'en fait son regard sur moi soit purement analytique. Je me fustige mentalement immédiatement en me rappelant qu'aucun homme ne m'a jamais vraiment regardée. En quoi cela devrait changer une fois morte ? J'ai conservé le même physique et les hommes restent les mêmes, visiblement.

— Je vais me débrouiller, merci, je dis en regardant le sol.

— Bien, mais hâte-toi, répond-il en jetant un regard à l'horloge et en sortant de la salle de bains dans la foulée.

Ce n'est peut-être pas les horloges qui le fascinent mais l'heure…

La porte se referme, me laissant seule avec le drap noir et les épingles. Je le défais, retire celui qui ceint déjà mon corps et tente tant bien que mal de me faire une robe qui ne dévoilerait rien de mon anatomie, pour changer.

C'est bien, en vingt ans aucun homme ne m'a vue nue, et là tout le Paradis sait à quoi je ressemble en tenue d'Ève !

Je soupire en regardant le résultat dans le miroir. Ce n'est pas top, mais tout est bien recouvert, au moins. J'ai suivi ses conseils et ai attaché les bords du drap autour de mon cou comme un paréo. J'ai croisé le reste pour que même lorsque je bouge rien ne s'échappe, et du coup le bas est légèrement échancré. J'ouvre la porte au moment même où il m'appelle. Je reste immobile à la sortie de la salle de bains alors que ses yeux cobalt me scrutent.

J'aurais juré les avoir vus argentés tout à l'heure… Certainement un truc d'ange, les yeux qui changent de couleur.

— C'est… bien mieux que… ce que je pensais, dit-il avant de toussoter.

Je trouve sa réaction étrange, mais je n'ai pas le temps de me poser plus de questions qu'il a déjà quitté la pièce et m'attend dans le couloir.

— Ne reste pas plantée là, nous avons du travail ! lance-t-il en jetant un coup d'œil à une montre suspendue à une chaîne.

Je grogne en escaladant tant bien que mal les livres.

— Betty !

— Mais j'ai des petites jambes, moi ! je râle avant de trébucher sur une pile.

Il jure, l'enjambe comme si de rien n'était et m'attrape par la taille. Il me porte sous son bras jusqu'au couloir et me repose brutalement au sol.

— Il va falloir revoir ton agilité. J'ai connu des gnomes bien plus rapides que toi ! gronde-t-il en partant en de grandes enjambées.

— Ça existe, les gnomes ? je demande en le suivant en courant.

— Évidemment ! sort-il en s'immobilisant devant une porte.

Prise par mon élan, je lui fonce dedans et finis les fesses au sol. Il m'observe, intrigué, puis ouvre la porte.

— Désolée, je marmonne en me relevant. Mais comment ça, les gnomes existent ? Sur Terre, ou au Paradis ? Ils ressemblent à quoi exactement ? Et les fées aussi, elles existent ?

— Betty ! me coupe-t-il dans ma série sans fin de questions.

Je m'arrête instantanément et reste muette en attendant qu'il ajoute quelque chose.

— Bon sang, je ne vais pas te porter chaque fois ! crie-t-il en levant les yeux au ciel.

— Oui, j'arr..., je commence avant de laisser ma phrase mourir au bord de mes lèvres devant la décoration de la pièce.

Je regarde les yeux écarquillés la quantité astronomique d'horloges disséminées partout. Sur les murs, au sol, et surtout une énorme en plein milieu.

— C'est bizarre, toutes ces horloges quand même ! je souffle en alternant mon attention sur la pièce et sur La Mort. C'est très... particulier !

— Si tu le dis, me répond-il, occupé à regarder une montre attachée à la poche de sa veste par une chaîne.

Un premier « ding » résonne, il m'attrape par la taille et me dit tout bas :

— Surtout, ne me lâche pas.

J'ouvre la bouche pour lui demander pourquoi, mais aucun son n'a le temps de sortir que soudain un tourbillon nous encercle. Je me cramponne à sa veste de costume noir et n'ai effectivement aucune envie de le lâcher. J'ai la tête qui tourne et je ne sais pas si c'est dû à l'univers qui bouge en continu autour de moi ou à sa main chaude posée sur le bas de mes reins, à la chaleur de son corps réconfortante ou à son odeur aussi apaisante qu'enivrante. Sa main se crispe et il dit tout bas, la voix légèrement éraillée :

— Tu peux me lâcher maintenant, Betty.

Je me rends alors compte que je ceins son large torse avec mes bras, que mon nez est enfoui dans sa chemise et que mes yeux sont fermés. En gros, je me suis carrément cramponnée à lui !

Je toussote, mal à l'aise, et m'écarte comme si de rien n'était. Il saisit mon menton en me forçant à plonger dans ses yeux redevenus argentés. Je manque d'air, tout à coup…

— Comment te sens-tu ? me demande-t-il en m'étudiant.

Gênée, chamboulée, moite à un endroit que je ne savais pas aussi assujetti à l'humidité. En gros, très mal à l'aise !

— Ça va, j'élude, gardant pour moi que je retournerais bien dans le tourbillon tout de suite et que je préférerais qu'il ne porte pas de costume la prochaine fois.

— Tu ne te sens pas nauséeuse, perturbée, rien ?

— Non, ça va, je miaule presque.

Il inspire, visiblement satisfait, et me relâche.

— Bien, déclare-t-il en regardant autour de lui.

Mes yeux caressent son profil parfait et je me demande quel effet cela ferait de passer les doigts dans sa chevelure brune…

— Betty ?

Bon sang, il me parlait ! Il faut vraiment que je me calme ! Il est beau, et alors ?!

— Oui ?

— Tu as compris ?

— Je… je…

Je n'écoutais rien, j'étais en train de le reluquer sans vergogne en imaginant des choses osées !

Il soupire, passe sa main dans ses cheveux, ce qui me fait rougir instantanément.

— Tu as des bouffées de chaleur ?

Sa question me fait rougir encore plus !

— Tu pleures, et parfois tu deviens toute rouge… C'est très étrange…, souffle-t-il en m'étudiant.

Je sursaute lorsque j'entends un bruit de casserole qui tombe au sol. Je panique en voyant des coussins avec des fleurs, de vieilles photos sur un mur…

J'étais tellement occupée à l'admirer que je n'ai même pas regardé où on était !

— On est chez quelqu'un, je dis doucement, de peur que l'on m'entende.

— Pourquoi tu parles comme ça ?

— Parce qu'on est chez quelqu'un et que l'on n'a pas été invités ! je crie à voix basse.

— Je suis La Mort, et toi, mon apprentie, nous sommes invités partout. De plus, tu sembles l'oublier mais tu es morte, donc tu ne fais plus partie de ce plan.

— « Ce plan » ?

— Oui, plan, dimension, je ne sais pas ce qui est le plus clair pour toi.

Mon sang se glace dans mes veines et je me sens blanchir tout à coup en comprenant notre présence.

— On est là pour tuer la personne qui habite ici ?! je hurle d'effroi.

— Non.

Je reprends mon souffle et me sens immédiatement soulagée.

— Les humains meurent tout seuls. Nous, nous récoltons les âmes.

Pourquoi j'ai l'impression que ça veut dire la même chose ?...

— J'ai pas très envie de..., je tente, pas vraiment à l'aise avec la situation.

— Betty, tu es l'apprentie de La Mort, tu croyais que tu allais faire quoi au juste ?

— Je ne sais pas, le ménage, les courses, enfin ce genre de choses !

Il croise les bras sur son torse et m'observe, amusé.

— Les courses ?! demande-t-il en faisant un effort pour ne pas rire.

— Les anges ne mangent pas, c'est ça ?

— Les anges mangent, Betty. Ce n'est pas un besoin physiologique, mais ils mangent.

Qu'est-ce qui le fait sourire, dans ce cas-là ?

— Ils ne font pas les courses ? je tente.

— Non, ils ne font pas les courses, dit-il en souriant toujours.

J'aime bien quand il sourit comme ça, me dis-je en gloussant intérieurement comme une midinette. *Super, le type s'apprête à tuer quelqu'un, et moi je suis en plein émoi comme une ado devant lui.*

— Bien, en attendant de me faire profiter de tes talents de cuisinière, nous avons du travail ! lance-t-il, un brin moqueur, en partant en direction du bruit.

Je grimace à l'idée de ce qu'il va se passer.

Je n'aime vraiment pas ça…

— Betty ! m'appelle-t-il.

Je souffle et le suis timidement. Une femme âgée s'active tant bien que mal dans sa cuisine. Elle est voûtée et tremble en faisant sa vaisselle.

— Qu'est-ce que tu ressens ? m'interroge La Mort en me scrutant, curieux.

— C'est-à-dire ? je lui demande, ne comprenant pas très bien où il veut en venir.

— En la voyant, qu'est-ce que tu as pensé ?

— Que… elle n'est pas… toute jeune !

— Certes, mais encore ?

J'ouvre, puis ferme la bouche, ne sachant pas trop quoi ajouter d'autre. Il souffle et reprend :

— Réponds sans réfléchir.

— J'ai pensé que… j'ai envie de faire sa vaisselle ! je tente, incertaine.

Cette pauvre femme me fait penser à ma grand-mère qui doit certainement être dans une maison de retraite maintenant que je suis morte. *C'est injuste, elle ne souhaitait que finir ses jours dans sa maison…*

— Tu veux *faire sa vaisselle* ?!

— Oui, elle a besoin qu'on l'aide !

— Peut-être que la solution est…

— Non, on ne fera pas de mal à cette pauvre vieille dame ! je m'écrie.

Il soupire, visiblement pas satisfait de ma réponse. D'un autre côté, c'est La Mort, donc il n'est certainement pas là pour lui faire sa vaisselle !

Pauvre femme…

— Betty, elle est très âgée et c'est ce qu'elle souhaite.

Évidemment, il prêche pour sa paroisse !

— Comment vous pouvez le savoir ? Si ça se trouve, elle attend son petit-fils pour le goûter !

— Non, et je le sais parce que je suis La Mort.

Il est autoritaire et imbu de lui-même et… me fait complètement chavirer !

— Je suis désolée, mais moi, je ne peux pas !

—Moi qui pensais avoir choisi un cas facile! râle-t-il en plongeant sa main dans le bac de vaisselle rempli d'eau.

—Je ne pense pas que dans le fait de prendre la vie de quelqu'un il y ait quoi que ce soit de facile!

—Hum…, fait-il simplement.

Il prend une poignée d'eau savonneuse et la renverse à côté des pieds de la dame âgée.

—Qu'est-ce que… ?

Je termine ma phrase par un couinement horrifié en voyant la vieille dame glisser au sol. Sa chute est accompagnée d'un craquement lugubre.

—Vous avez tué cette pauvre femme! je m'écrie, sous le choc.

—Non, elle a glissé et est morte sur le coup, argumente-t-il en s'agenouillant à côté d'elle.

—Non mais, vous êtes monstrueux, je siffle en sentant des larmes couler le long de mes joues.

—Tu pleures encore ? me demande-t-il en me regardant les sourcils froncés.

—Oui… Non…, je sors en m'essuyant le nez avec l'avant-bras.

—Cette manie de mortelle est très embarrassante, murmure-t-il en passant doucement sa main droite sur le front de la vieille dame.

Une lumière blanche apparaît quasiment instantanément et une sorte d'ombre s'y engouffre.

La lumière s'éteint et La Mort se redresse au même moment.

— Qu'est-ce que… ?

— Tu n'écoutes rien, Betty !

— C'est pas vrai ! je me défends en couinant.

— Donc qu'est-ce qu'il vient de se passer ?

— Son âme.

— Finalement, tu écoutais peut-être !

— C'était quoi la lumière ? Où vont les âmes, après ?

— Cela dépend des personnes.

— Elle est allée au Paradis ?

— Oui, c'était une charmante vieille dame qui a voué son existence aux autres. Elle n'était pas parfaite, mais son âme était belle.

— Comment vous le savez ? Je veux dire, vous avez des informations sur les gens que vous… qui meurent ? je me reprends tant bien que mal.

— Oui.

Je me mords l'intérieur de la joue et ai très envie de lui demander si c'est aussi lui qui m'a tuée.

— La réponse est « oui » et j'avoue que je ne pensais pas que ta mort serait aussi spectaculaire ! avoue-t-il avec un demi-sourire.

— Elle ne l'était pas tant que ça !

— Betty, tu es morte noyée dans des cabinets.

— J'y étais, je vous rappelle, je grogne presque.

— Je pensais que tu allais te rompre le cou ou décéder d'un traumatisme crânien, mais non !

— C'est bon, j'ai compris l'idée ! je râle.

— Enfin bref, nous avons encore du travail, lance-t-il en m'attrapant par la taille.

Ma respiration se coupe et je couine carrément quand il me glisse d'une voix grave et sensuelle :

— Prête ?

Oui, non... Bon sang, il va me tuer ! Encore !

Cela faisait bien longtemps que je n'avais pas trouvé mon travail aussi agréable. Serrer Betty contre moi rend ma tâche bien plus amusante. Mon corps se tend et j'ajoute pour moi-même : *ou bien plus dangereuse...*

6

La mort est un enfer

— Pourquoi tu pleures, encore ?! me lance sèchement La Mort.

Il est planté devant moi et ses yeux bleus me scrutent froidement. Rien dans son attitude ne montre son agacement. Il est droit, sa montre à la main, stoïque, son souffle est calme. S'il n'avait pas posé la question durement, je le croirais hermétique à la situation. Pourtant, je dois me rendre à l'évidence, je le gonfle ! Et ce constat me donne encore plus envie de pleurer ! Je n'arrête pas de me demander pourquoi il m'a choisie.

Pourquoi… ?

— Betty ! m'interpelle-t-il en me coupant dans mes pensées.

Je me mords l'intérieur de la joue pour me reprendre et tente de répondre faiblement :

— Je ne pleure pas… je…

Je ne termine pas ma phrase. Ma respiration est saccadée, ma cage thoracique monte et descend de façon anarchique et mes larmes ne veulent pas se tarir malgré mes injonctions mentales. Son regard cobalt posé sur moi et sa voix agacée n'arrangent rien à ma situation. Je tourne la tête en mordillant ma lèvre inférieure tremblante et m'ordonne silencieusement de me calmer.

— Je te l'ai déjà expliqué, tu es morte, tu ne peux pas souffrir d'allergie ! râle-t-il avant de jeter un coup d'œil à sa montre.

Je risque encore un regard vers la voiture accidentée et à la jeune femme qui scrute l'horizon le regard éteint. Je me mets à pleurer encore plus fort et souffle entre deux sanglots :

— Elle était tellement jeune.

— Si je résume : tu pleures quand les gens sont âgés, jeunes, dans leur bain, font du manège... Tu as pleuré chaque fois. Y aurait-il une façon particulière de mourir qui ne te ferait pas pleurer ? m'interroge-t-il d'une voix égale comme si sa question était sérieuse.

En fait, je crois qu'elle l'est ! je me dis, ahurie.

Il ne comprend pas que chacun de ces décès m'affecte et je ne sais pas si son incompréhension ne me perturbe pas encore plus. Comment peut-on être aussi hermétique aux émotions ? Comment fait-il pour ne pas être touché par toutes ces âmes et ce qu'elles ont accompli sur cette Terre le temps de leur existence ?

— Tous ces gens ont une famille, des amis, ils comptent pour quelqu'un, ils ont une vie, puis en quelques secondes plus rien, je tente de lui expliquer en essuyant mon nez avec mon avant-bras. Ils disparaissent de la Terre, ne laissant derrière eux qu'un vide, je termine faiblement.

— Tiens, j'ai un tueur en série, si tu veux ! me lance-t-il, ne semblant aucunement affecté par mes paroles, ni par la peine que la disparition de tous ces gens engendre.

Je m'essuie les yeux en me demandant s'il est sérieux. Comme pour répondre à mes interrogations silencieuses, il continue :

— Il a tué douze femmes et c'est pas joli joli, crois-moi !

Je secoue la tête, exaspérée par son manque d'empathie. Ce n'est pas parce qu'il est La Mort qu'il doit être imperméable à toute émotion, tout de même !

Une petite voix me souffle : *il ne fait que son travail.* Mais ma conscience et mon cœur ne sont pas en accord avec elle. En l'espace de quelques heures, j'ai assisté à plus d'une dizaine de décès et aucun n'a semblé l'atteindre. Pour ma part, chacun m'a affectée d'une manière ou d'une autre.

— Je pense que cela pourrait être intéressant, continue-t-il avant de ranger sa montre dans la poche de sa veste.

— « Intéressant » ?! je répète avec une grimace de dégoût à l'idée d'assister encore à une scène morbide.

C'est chaque fois si dur… Je crois que je ne m'y ferai pas…

Mon estomac se serre et le goût de la bile imprègne déjà ma gorge par anticipation.

— Aucune mort n'est intéressante et cela même s'il s'agit d'un tueur en série ! j'ajoute, puisqu'il ne semble pas vouloir relever ma réaction.

— Ce qui est intéressant c'est que ce genre d'âme est plus difficile à récolter, m'explique-t-il comme on explique les multiplications à un enfant de huit ans.

Je ferme les yeux et grimace de plus belle en repensant à son ingéniosité en la matière. Il ne fait que placer un élément sur la route de sa victime, mais cela suffit à tuer. Il crée une réaction en chaîne mortelle et rien ne semble pouvoir sauver l'âme visée par son piège. Ensuite, il patiente pour récolter son dû, sans une once d'empathie. Il accomplit son travail comme si celui-ci ne consistait pas à tuer quelqu'un.

Et le pire, c'est que chaque fois, je suis sa complice tacite.

Moi, Betty Letournier, je suis devenue une tueuse en série après être morte.

Ce n'est définitivement pas ce que j'imaginais pour… ma vie après la mort ! Si tant est que j'aie imaginé quelque chose !

— De plus, pour le moment, toutes les âmes que nous avons récoltées allaient soit au Paradis, soit au royaume de Hadès en attente de jugement. Tandis que celle-ci est pour l'Enfer.

— C'est Hadès qui juge les âmes ? je l'interroge en me remémorant le colosse en mini serviette de bain.

La Mort me jette un regard perplexe qui me fait rougir instantanément. Il pose son index sur ma joue gauche et l'appuie avant de relâcher la pression rapidement comme s'il étudiait un phénomène étrange, et murmure :

— Je trouve très étrange que ton visage change de couleur…

Mes yeux s'agrandissent et je me mords l'intérieur de la lèvre, gênée. Je me vois mal lui expliquer que le souvenir de Hadès en serviette de bain me fait rougir !

— Je ne sais pas trop, j'élude en me sentant rougir encore plus.

Il retire son doigt et se redresse pour se donner à nouveau une posture plus professionnelle.

Je crois que je l'intrigue, mais je ne comprends pas trop pourquoi.

Une pensée me traverse l'esprit : *Et si je n'étais pas normale ?*

Enfin, autant qu'un ange puisse l'être ! J'ai bien compris que mon physique n'était pas conventionnel pour la fonction, mais le fait que je pleure ou que je rougisse semble le perturber et je ne sais pas trop pourquoi.

— En quoi cela consiste, le jugement des âmes ? je lui demande pour changer de sujet.

— Elles subissent le même traitement que celui que tu as reçu lorsque tu as traversé son royaume, lance-t-il comme si c'était évident.

Je fronce les sourcils en imaginant toutes ces âmes dans le salon de Hadès à reluquer l'affreux tableau avec le dauphin.

— Chaque jugement est différent, mais globalement la démarche reste la même, continue-t-il devant mon air de plus en plus surpris.

— C'est certainement ce que Perséphone et lui devaient préparer ! je lance en comprenant tout à coup.

— Je te demande pardon ?!

— Oui, Perséphone était furieuse parce que Hadès n'avait pas lu ses mémos disant qu'il y avait un recrutement.

— Perséphone ?!

— Oui, grande, brune, mince, très belle !

— Tu as vu Perséphone ?!

— Euh... Oui, mais je crois qu'elle n'a pas vraiment apprécié que je m'assoie sur le canapé, je réponds, mal à l'aise à ce souvenir.

On va éviter le passage où Hadès voulait m'adopter comme animal de compagnie, je crois...

— Parce que tu étais assise sur le canapé ! s'écrie-t-il tout à coup.

Je rougis à nouveau d'un coup et n'ai qu'une envie, m'enfuir en courant.

— Je... je... Il m'avait oubliée et j'étais fatiguée, j'explique doucement en triturant mes doigts.

— Tu étais fatiguée ? Du coup, tu es allée t'asseoir sur son canapé ?! hurle-t-il.

Je me crispe encore plus, essayant de ne pas prêter attention à l'ambulance qui se gare derrière la voiture dans le ravin. Ni aux ambulanciers qui tentent de ranimer la jeune conductrice sans succès.

— Betty !

Je sursaute mais n'ose pas le regarder. Du bout de mon pied nu je trifouille l'herbe et cherche comment tourner au mieux mon explication sans le mettre davantage en colère.

— Je... je... Non, j'étais dans le salon et j'ai vraiment attendu longtemps !

Ses yeux bleus s'agrandissent de surprise, ou sous le choc, je ne saurais le dire. J'avoue qu'il est assez difficile de savoir ce qu'il pense ou même de décrypter ses sentiments.

En tout cas une chose est sûre, je savais bien que je ne devais pas m'installer sur ce canapé !

Bon, par contre, je ne pensais pas que cela ferait tant d'histoires. J'ai l'impression d'avoir commis un crime impardonnable !

Certes, ce n'était pas très poli, mais quand même…

Je trouve sa colère démesurée, mais je préfère ne pas le lui signaler. Je ne suis pas très à l'aise avec les gens en colère en général, alors avec un type dont l'activité principale est de tuer d'autres personnes, encore moins.

Il ouvre puis ferme la bouche mais ne dit rien. Il saisit sa montre avec une grimace et me sort sèchement avant de me prendre brusquement par la taille :

— Nous n'avons plus le temps d'en parler pour le moment. Nous verrons ça plus tard.

… *Ou pas ! J'ai envie de dire que l'on n'est pas non plus obligés de reparler de cette histoire !*

Je décide de garder cette idée pour moi. On ne sait jamais. Il va peut-être oublier ou même se rendre compte que le sujet ne mérite pas autant de considération.

Pour le moment, j'essaie de ne pas prêter attention à son torse puissant écrasé contre ma poitrine, ni à sa main chaude sur le bas de mon dos et encore moins à son parfum envoûtant et hoche la tête avant de fermer les yeux.

Je sais que je ne devrais pas autant apprécier ce mode de transport, surtout que ça mène toujours à la mort de quelqu'un, mais c'est plus fort que moi. Quand je suis contre lui, c'est apaisant et un tas d'autres choses. Mon bas-ventre est parcouru de fourmillements.

J'enfouis mon nez contre son torse et profite de ces quelques secondes de réconfort bienvenu. Je me sens toute chamboulée entre toutes ces morts, ces nouvelles informations qui ne cessent de m'être apportées depuis mon décès, et aucun homme ne m'a jamais tenue comme ça… si proche que j'aime nous inventer une intimité qui n'existe que dans mon esprit.

Une odeur nauséabonde m'accable tout à coup. Je sens le corps de La Mort se tendre contre moi. Je commence à ouvrir les yeux, mais il me crie presque :

— Garde les yeux fermés.

Son souffle est saccadé et je me sens prise de panique malgré moi.

Il y a quelque chose qui cloche…

L'atmosphère est irrespirable, comme saturée par l'angoisse, la haine, l'odeur du sang, de la mort.

J'ai peur, mais je ne sais pas de quoi…

Je suis tiraillée entre l'envie d'ouvrir les yeux et de les garder clos en me roulant en boule. Mes pensées sont coupées par un hurlement presque animal. J'ai les tripes prises dans un étau. La Mort s'écarte violemment de moi et je me mets à trembler. Je ressens plus que jamais le manque de son corps contre le mien. L'humidité et l'angoisse imprègnent ma peau et me glacent les os.

Je ne dois pas ouvrir les yeux, je ne dois pas ouvrir les yeux…, je me répète alors qu'un autre hurlement se fait entendre.

Mes tremblements deviennent incontrôlables. Mon corps semble parcouru de spasmes. La peur, je la ressens dans tous les pores de ma peau. Elle se mélange à l'humidité et à l'angoisse.

J'ai tellement froid…

J'entends La Mort jurer, et grimace pour garder les yeux bien fermés. Des larmes tentent de percer la barrière de mes paupières fermées, mais je les retiens tant bien que mal.

— Tu es tellement belle, souffle une voix masculine que je ne connais pas.

Ça sonne faux, malsain, *terrible…*

Je comprends tout à coup ce qui se passe. Le tueur en série est à l'œuvre !

À ce moment-là, je perds le peu de contrôle qui me restait. J'ouvre les yeux. Je le regrette instantanément.

Mais il est trop tard, je ne peux plus les refermer…
Plus jamais je ne pourrai…

Mon estomac se révulse quasi immédiatement, mais je ne vomis pas devant l'atrocité de la scène.

— Bon sang, Betty ! Je t'ai dit de ne pas ouvrir les yeux ! me lance La Mort, furieux.

Peu importe, je ne l'écoute plus. Le froid me glace encore plus et pendant une seconde, je me demande si je ne viens pas de mourir une deuxième fois.

— Betty, tourne-toi ! me dit-il plus doucement, comme pour tenter de calmer un enfant qui vient de faire un cauchemar.

Sauf que ce n'est pas un cauchemar, c'est la réalité. Devant moi se tient une jeune femme nue, sale et pleine de sang séché. Elle est attachée par des chaînes comme un animal dont l'exécution est imminente. Un vieil homme crasseux lui caresse les cheveux, en lui murmurant à quel point elle est belle. Il a l'air complètement hypnotisé par la scène et fier de ce qu'il lui fait subir.

J'ai envie de hurler, de courir la détacher, mais mes pieds sont comme fixés au sol. La Mort s'approche calmement de moi, mais je ne lui prête aucune attention. Je ne vois que la jeune femme. Elle ne pleure pas, elle n'est plus là. Son corps est là, mais son esprit est ailleurs.

L'homme attrape un couteau dans la poche arrière de son pantalon et rit en tirant sa victime par les cheveux. Le froid glaçant a laissé place à une chaleur à la limite du supportable.

Je ne peux pas le regarder faire ça..., je me répète.

Je ne réfléchis pas et cours vers lui avant que son poignard n'atteigne sa victime.

— Betty, non ! s'écrie La Mort.

C'est trop tard, ma main retient son poignet, le couteau tombe à mes pieds et lorsque je relève les yeux, je vois l'homme qui m'observe les yeux écarquillés.

Il ne peut pas me voir, je suis morte, me dis-je sans certitude.

Je le relâche brusquement et recule la peur au ventre en tentant de me raisonner.

Nous ne partageons pas le même plan, il ne peut pas me voir, je suis morte...

Alors pourquoi il ne me quitte pas des yeux ?

— Qu'est-ce que tu fais là mon bouchon ? m'interroge-t-il en s'approchant de moi presque sur la pointe des pieds.

Je me sens paniquer et comme prise au piège.

Pourquoi je suis là ? Pourquoi me regarde-t-il comme ça ?

Mon regard navigue entre lui et la jeune femme. Mon cœur tambourine violemment dans ma poitrine.

Je croyais que j'étais morte ?!

— Relâchez-la ! je sors, la voix tremblante.

Je tente d'avoir l'air courageux mais je ne pense qu'au fait que je ne veux pas finir attachée au mur moi aussi.

Je ne serai pas son trophée…

— Comment es-tu entrée ? me demande-t-il avec un sourire qu'il pense certainement irrésistible.

— Betty, ne réponds pas ! me sort La Mort, crispé.

— Relâchez-la ! je crie.

Ma voix se veut plus stricte, mais reste toujours incertaine et chevrotante. Il ne m'écoute pas et se poste juste devant moi. Mon corps entier tremble. Ma respiration est devenue chaotique. Je me vois déjà à la place de la jeune femme attachée au mur. Mon esprit est assailli en une seconde d'images plus atroces les unes que les autres. Elles mettent en scène différentes femmes, mais toujours le même endroit. Je me demande s'il s'agit de souvenirs de ce qui s'est déroulé dans cette pièce ou de mon imagination.

— Ne t'en fais pas, je vais prendre bien soin de toi, me murmure le tueur avant d'amorcer un geste pour me toucher.

Je ferme les yeux, répugnée par cette funeste promesse, et lorsque je les rouvre une milliseconde plus tard, je vois le bras de La Mort passer à travers le torse de l'homme. Il le retire brutalement et l'homme s'écroule au sol comme une poupée de chiffon. La Mort reste un instant à me dévisager de ses yeux bleus et ma respiration se calme enfin. Au bout de ce qui me semble être une éternité, il se tourne et se dirige vers la jeune femme toujours aussi éteinte.

Je me demande si elle arrivera à s'en remettre un jour ou si elle sera toujours cette coquille vide à qui on a volé son humanité…

Ma question meurt dans mon esprit quand La Mort se penche sur elle, lui caresse le front et que son âme s'envole vers la lumière sans attendre.

— C'est injuste, je souffle en regardant son corps sans vie encore attaché au mur.

Je sais que la vie est injuste, mais personne ne mérite de finir sa vie dans de telles conditions. Je ne la connaissais pas mais je ne l'oublierai jamais…

— Betty ! me crie La Mort en se relevant brusquement.

Je sursaute et vois une masse noire quitter le corps du tueur gisant à mes pieds. J'amorce un pas en arrière mais n'ai pas le temps de réagir que l'espèce de nuage m'entoure, faisant vaciller le monde autour de moi et m'emportant dans son sillage. Une forte odeur de soufre m'emplit les poumons, m'empêchant de respirer. La Mort m'appelle encore et encore. J'ai beau essayer de reprendre mon souffle, rien n'y fait. Il court vers moi, mais ma tête devient lourde et je me sens partir, m'évanouir…

Rien, plus rien…

— Betty ! je hurle, mais son corps inerte repose mollement sur le sol crasseux.

Je jette un coup d'œil autour de moi, conscient de ce qui vient de se passer sans vraiment y croire.

Impossible…

Ce mot résonne dans mon esprit et y tourne en boucle.

Je me concentre pour trouver une solution, mais n'en trouve pas. Elle est déjà partie. Il ne reste plus que son corps sans vie. Je jure, la soulève dans mes bras et me téléporte au Paradis, espérant pouvoir la ramener.

Et si ce n'est pas le cas…

Je secoue la tête et refuse d'y croire. Elle doit revenir. Il n'en sera pas autrement, et ce, même si je dois parcourir les enfers à sa recherche.

7

La Mort s'endort dans des draps de soie noirs

Ma poitrine, mes paupières, ma peau, mon corps entier s'enflamme…

Je brûle. Mes poumons sont envahis par l'odeur de soufre omniprésente. Chaque inspiration est douloureuse. J'ouvre mes yeux emplis de larmes sous l'effet de l'air saturé et me sens paniquée à la vue des flammes dansant autour de moi. Je me redresse avec difficulté, tourne sur moi-même pour tenter de trouver une issue, mais je ne vois qu'un immense brasier interminable.

Je suis perdue dans un labyrinthe de feu.

Ma respiration est saccadée, difficile, je ne sais pas qui appeler à l'aide, ni comment sortir d'ici. Mes larmes deviennent incontrôlables. Je sens la panique m'envahir. J'ai envie de pleurer mais mes larmes se sont taries à cause de la chaleur. Je crie, hurle, mais personne n'est là pour m'entendre. Je suis seule dans cet océan de flammes.

— Betty… Betty…

Je connais cette voix ! Je regarde autour de moi et cherche l'homme en noir qui me torture autant qu'il me rassure, mais je ne le vois pas. Il n'y a que ces fichues flammes qui semblent me narguer et me cachent la sortie.

— Betty ! hurle cette fois La Mort.

Je me tourne et vois une flamme qui vacille. Je me concentre sur elle jusqu'à ce qu'elle s'éteigne. Un nouveau cri retentit et je ferme les yeux. Ma respiration s'apaise.

La Mort… Je dois le retrouver…

— Betty !

Je me réveille en sursaut et vois le visage de La Mort à quelques centimètres du mien.

Ses yeux… Je ne vois que ses yeux cobalt qui m'observent…

Une seconde, je me demande si c'est de l'angoisse qui hante son beau regard bleu, mais sa mâchoire se crispe et je n'y lis plus que de la colère et de la désapprobation.

J'ai dû rêver ou prendre mes désirs pour la réalité !

La dernière partie de ma réflexion se meurt dans mon esprit quand je me demande si c'est vraiment cela que je désire : qu'il s'inquiète pour moi ou même qu'il ressente quelque chose à mon égard qui dépasse notre relation professeur/élève ?

Je ravale ma salive et décide de reléguer cette question dans un coin de mon esprit, car, quelle que soit la réponse, elle ne m'apportera rien, hormis une nouvelle déception.

Je ne suis pas le genre de fille qui plaît aux hommes. Et encore moins à ce genre d'hommes !

Ma poitrine monte et descend rapidement, cognant son torse dur comme de la pierre. Sa chaleur m'apaise et me réconforte. Je me sens à nouveau en sécurité. Je soupire d'aise et sursaute lorsqu'il s'écarte brusquement de moi. J'ai l'impression que je viens de me prendre une grosse douche bien froide ! Et le moins que l'on puisse dire, c'est que c'est hyper efficace puisque je reprends instantanément mes esprits.

— Que s'est-il passé ? je demande en jetant un coup d'œil circulaire à la pièce.

Il fait sombre, les murs sont recouverts de bibliothèques remplies de livres du sol au plafond. Je suis allongée dans un lit aux draps de satin noirs. Une lampe de chevet étrange qui semble aussi vieille que le monde repose sur une pile de livres. Mon regard se tourne à nouveau vers La Mort qui continue de m'observer comme s'il tentait de résoudre une énigme impossible.

Je cherche dans ma mémoire les derniers événements dont je me souviens, et grimace en repensant à l'horrible tueur en série. La suite me paraît évidente, j'ai fait un malaise !

— Je suis désolée, je souffle, un peu honteuse de m'être évanouie comme ça.

Je ne pense pas que La Mort s'attendait à avoir une apprentie aussi nulle que moi, qui pleure, déteste voir les gens mourir et, en plus, fait des malaises !

— Désolée ?! répète-t-il sèchement en se mettant à parcourir la pièce de long en large, comme un lion en cage.

Je me mords la lèvre et ne sais pas trop quoi ajouter. Je dirais bien : « Pitié ne me renvoyez pas en Enfer, je vais m'améliorer », mais je ne crois pas vraiment que cela soit possible.

— Tu es désolée ! crie-t-il presque, en s'arrêtant à ma hauteur.

J'humidifie ma bouche pâteuse, l'ouvre puis la ferme, ne sachant définitivement pas quoi ajouter.

— Votre chambre est… sympa. Sombre, avec beaucoup de livres, mais… je trouve que la déco vous correspond pas mal, je tente finalement.

Soyons honnêtes, elle est moche sa chambre ! On se croirait dans une grotte lugubre qui fait office de bibliothèque. Même la moquette est noire ! C'est pas parce qu'il est La Mort qu'il est obligé d'avoir des goûts de décorateur dépressif.

— Sérieusement, Betty ? Tu penses que le moment est bien choisi pour parler de déco ?

Je me mets à triturer le drap et souffle :

— Je sais que je ne suis pas l'apprentie de l'année, mais… je n'ai rien demandé à personne et je fais ce que je peux !

Mon cœur se serre. Pour une fois, j'aimerais être remarquable, douée pour quelque chose. Peut-être pas pour tuer des gens parce que là c'est bizarre, mais que quelqu'un me trouve… exceptionnelle !

Et peut-être lui un peu plus qu'un autre.

Il se passe les deux mains sur le visage et me demande :

— Qui es-tu ?

Je secoue la tête, je ne comprends pas vraiment sa question. Elle est certes claire, mais je ne comprends pas son but.

— Je suis Betty…

— Non ! me coupe-t-il durement.

— Je… m'appelle…

— Stop ! me coupe-t-il à nouveau.

Il inspire et me repose la même question. Je me mords la lèvre et ma respiration s'accélère lorsque son regard se pose sur moi. Il m'analyse, me scrute, me met mal à l'aise. J'ai l'impression d'être nue. Je tire sur le drap pour me protéger de ses yeux bleus incisifs, mais cela est sans effet.

Il voit tout, tout ce que je suis, tout ce que j'ai aspiré être, mes craintes, mes espoirs, mes peurs...

Mon cœur bat vite, trop vite. Je suis à bout de souffle alors que je ne bouge pas. J'ai envie de pleurer, mais je me retiens. Il m'a assez vue pleurer et j'ai été assez ridicule comme ça. Alors non, il n'aura pas ça !

Au bout de ce qu'il me semble être une éternité, il détourne son regard et mon cœur et ma respiration reprennent un rythme normal. Il soupire et se laisse tomber dans un fauteuil en cuir noir.

— Rien, souffle-t-il, perdu.

Qu'est-ce qu'il vient de se passer ? Que m'a-t-il fait ?

— Comment ça, « rien » ? je l'interroge, ne sachant pas si je suis en colère ou perdue face à ce qu'il vient de se dérouler.

— Je n'ai rien vu, avoue-t-il, énervé.

« Vu » ? Donc c'est bien de cela qu'il s'agit. Ce que j'ai ressenti était réel ! Il m'a sondée !

— Qu'est-ce que vous étiez censé voir ?

Il se redresse et me dit tout simplement :

— Toi.

— Moi ?

C'est moi, ou cette conversation est très bizarre ? Tout comme... Tout ! Rien de ce qui m'est arrivé depuis ma mort n'est normal, de toute façon !

— Ton aura, si tu préfères.

« Mon aura » ? J'ai une aura, moi ?

— À vrai dire, cela ne m'éclaire pas beaucoup plus !

— Je ne sais pas qui tu es, Betty, lance-t-il, agacé.

— Eh bien, je suis…

— Non ! me coupe-t-il encore.

Au bout de quelques secondes, il reprend :

— Lorsque je suis venu récolter ton âme, tu étais Betty.

Comprendre : quand il m'a tuée dans les toilettes et qu'il s'est bien marré devant ce spectacle édifiant…

— Tu rêvais d'être aimée, de maigrir, de cette paire de chaussures roses, de devenir élève à Poudlard et de tas d'autres choses étranges.

Ravie qu'il trouve mes rêves étranges !

— Mais il n'y a plus rien de tout cela, finit-il en me scrutant.

— Eh bien, je suis… désolée, mais effectivement je ne rêve plus d'escarpins roses puisque je suis morte ! Je ne vois pas en quoi mes rêves ont une importance à l'heure actuelle. Personne ne m'a demandé mon avis ! Je n'ai jamais voulu devenir un ange ou je ne sais quoi, et je suis désolée d'avoir des rêves étranges, d'être étrange tout court et de ne pas être la super apprentie que vous attendiez ! je m'énerve en croisant les bras sur ma poitrine.

Je crois voir un léger sourire en coin sur son visage l'espace d'une milliseconde et je me demande comment il peut être aussi beau, sombre et chiant en même temps !

— Je n'attendais personne, puisque je ne comptais pas prendre d'apprenti.

— Alors pourquoi m'avoir choisie ?! je crie presque.

— Lorsque je parlais de tes rêves, ce n'était qu'un exemple. Tes rêves ne définissent pas ton aura et je ne sais pas pourquoi tu n'en as pas. D'aura, pas de rêves ! Le fait que tu n'aies plus les mêmes attentes est normal puisque ton univers entier a changé. Tu en trouveras d'autres en temps et en heure, je ne m'en fais pas pour ça.

Il faut que je me rende à l'évidence, il ne me dira pas pourquoi il m'a choisie...

— Je n'ai pas d'aura ?

— Si, mais je n'y ai pas accès.

— Et ce n'est pas normal parce que... ?

— Parce que je suis La Mort !

Et il est vexé parce que je ne lui montre pas mon aura ?

— Peut-être que votre superpouvoir ne fonctionne pas très bien ! Il est peut-être un peu ramolli !

— Mon superpouvoir ! s'exclame-t-il avant d'éclater de rire.

Quand il fait sa tête de « je suis La Mort », il est vraiment pas mal, mais quand il rit...

Ça devrait être illégal d'être aussi beau !

Comment moi, Betty, je suis censée ne pas craquer pour lui ?! C'est un exercice aussi impossible qu'insensé puisque entre nous il n'y aura jamais rien de plus que moi qui le dévore des yeux ! Je ne suis pas au Paradis, mais en Enfer. Et La Mort est *mon* Enfer…

Il finit par se calmer et me murmure avec une voix qui ferait fondre la calotte glaciaire :

— Betty, mon… superpouvoir est en excellent état.

Oh. My. God.

Dans mon esprit, sa phrase prend un tout autre sens ! Mais nous sommes dans la réalité, donc il n'y a pas de double sens. Mais je vais laisser gagner mon esprit mal tourné pour une fois, juste pour mon plaisir.

— Qu'as-tu vu ? me demande-t-il tout à coup.

Qui, que, quoi, où ? Je ne le suis plus du tout, là, j'en étais à « comme il est beau quand il sourit » !

— Quand ?

— Tu n'étais plus là, Betty, je veux savoir où tu étais.

— Mon cauchemar ? Quand j'ai fait mon malaise ?

— Tu crois que tu as fait un cauchemar ?!

Sa remarque me fait réfléchir et je m'interroge… Était-ce vraiment un cauchemar ?

Cela semblait tellement réel…

— Avec tout ce qui s'est passé dernièrement, je ne saurais dire ce qui est réel et ce qui ne l'est pas, j'avoue finalement.

— Alors, qu'as-tu vu ?

Je replonge malgré moi dans ce souvenir que je préférerais oublier.

— Des flammes, j'étais dans un labyrinthe de flammes. J'avais du mal à respirer, ma peau me brûlait, c'était… angoissant.

— Les champs des châtiments…, murmure-t-il, perdu dans ses pensées.

— C'est là que j'étais ? Mais comment j'ai fait ? Je ne comprends pas, je suis morte et pourtant il m'a vue et…

Je ne termine pas ma phrase. Rien de tout cela n'est logique.

— Oui, c'est là que tu étais, confirme-t-il simplement.

— Mais pourquoi ?

Il se lève et commence à quitter la chambre sans plus d'explications.

— Reste ici, m'ordonne-t-il.

— Pourquoi ? je geins presque alors qu'il est déjà à la porte.

J'ai l'impression d'être punie pour une faute que je n'ai pas commise !

— Parce que je te l'ordonne ! lance-t-il rudement avant de refermer derrière lui.

Non mais… il est sérieux ?! Je dois rester parce qu'il me l'ordonne ?!

Je bondis du lit telle une furie et ouvre la porte violemment, prête à lui expliquer ma façon de penser. Je constate qu'il n'est déjà plus dans le couloir. Je m'avance vers le salon, et m'arrête lorsque j'entends qu'il parle avec quelqu'un.

— Je ne m'attendais pas à recevoir de la visite à une telle heure, dit-il en montrant à son interlocuteur son agacement.

— L'affaire était urgente, lui répond une voix qu'il me semble connaître.

Je crois que c'est le type odieux que tout le monde nomme « Votre Majesté ».

— Je veux bien le croire ! lâche La Mort.

A priori, il ne l'apprécie pas des masses, et moi, je me lance dans une nouvelle carrière d'espionne ! Je devrais avoir mauvaise conscience, mais en fait, non !

— Comment va votre apprentie ? demande-t-il.

— Je ne pense pas que mon apprentie ait un quelconque rapport avec votre présence chez moi.

Mon cœur s'emballe à l'idée que si, justement, il est peut-être là pour lui dire qu'il y a eu une erreur et que je n'ai rien à faire ici. Après tout, je suis étrange, La Mort ne voit pas mon aura et…

— Non, effectivement.

Je respire à nouveau. Je n'avais même pas conscience de retenir mon souffle ! Ni que finalement, j'avais envie de rester ici, d'ailleurs…

— Alors, trêve de politesse, que se passe-t-il ? l'interroge La Mort qui perd visiblement patience.

— Un apprenti a disparu.

Silence.

— Des traces de lutte et de sang ont été retrouvées dans sa chambre, mais les gardiens n'ont remarqué aucune activité inhabituelle, ajoute le vieux type.

— D'où votre présence ?

— Je me suis dit que si je vous demandais votre aide en personne, cela aurait plus d'impact.

— Si je comprends bien, vous me demandez de me servir de mon don pour retrouver un idiot d'apprenti qui s'est certainement simplement chamaillé avec l'un de ses camarades.

— Si c'était ce que nous pensions, je ne serais pas ici !

— Pourtant cela est déjà arrivé, il me semble.

— Les temps n'étaient pas les mêmes !

— Et l'apprenti aussi ?

— On ne peut rien vous cacher !

— De qui s'agit-il ?

— De la fille de l'un de nos plus grands représentants.

— Tania ?

— Oui, autant vous dire que je ne m'imagine pas annoncer à Uriel une telle nouvelle !

— Parce que vous n'avez pas encore averti son père ?!

— Je ne voulais pas l'inquiéter inutilement, et les temps sont durs, comme vous le savez.

— Et les élections proches ! lance La Mort.

— Vous refusez parce que c'est moi qui vous le demande, geint presque Sa Majesté.

— Mon don est sacré et il m'a été offert dans le but de récolter des âmes et de les traiter avec justesse et bienveillance. Non pour retrouver une apprentie qui s'est certainement enfuie avec je ne sais quel don Juan !

— C'est ce que vous présumez. Je vous l'ai dit, il y a des…

— Des traces de lutte ! le coupe-t-il. Mais vous m'avez aussi dit qu'aucun gardien n'avait remarqué d'activité inhabituelle, ce qui signifie qu'elle est toujours au Paradis.

— Donc vous ne m'aiderez pas, même au nom de votre amitié avec Uriel ?

— Premièrement, je n'ai pas d'amis, deuxièmement, je n'ai pas refusé de vous aider mais simplement d'utiliser mon don. Il est évident que mon apprentie et moi-même vous aiderons dans vos actions de recherche une fois que vous les aurez mises correctement en place et que vous aurez interrogé son père. Car il me semble que vous négligez des pistes.

— Des pistes ? Uriel ne ferait jamais de mal à sa fille !

— Je n'en doute pas, malgré tout, il a peut-être eu connaissance de soucis avec des amis ou même de l'existence d'un petit ami avec qui elle se serait enfuie.

Je crois que l'on peut définitivement dire que La Mort n'aime pas ce type.

— Et donc les traces de lutte et de sang seraient là pour… ?

— Pour donner plus de poids à son histoire. Le fait est que je ne connais ni les tenants ni les aboutissants de cette disparition. Je ne pourrai vous donner mon avis que lorsque vous aurez plus d'informations.

Silence.

— Il y a des bruits qui courent sur vous, déclare alors Sa Majesté. Certains chuchotent que vous travaillez pour les enfers et même que le Diable vous tient par les couilles !

— Je crois que si c'était le cas, vous ne seriez pas chez moi à me tenir ce genre de propos.

— C'est bien que vous ayez pris une apprentie, vous avez peut-être fini par prendre conscience que votre fonction n'était pas immuable, Azraël !

— Je crois que vous avez fort à faire, souffle La Mort.

Azraël…, je me répète avant d'entendre la porte d'entrée se refermer.

Je jure et retourne en direction de la chambre sur la pointe des pieds.

— Tu crois que tu es discrète à ce point-là, Betty ? me lance-t-il depuis le salon.

Bon, il semblerait que je sois aussi mauvaise espionne qu'ange !

Je grimace et vais le rejoindre dans le salon. Mon cœur s'embrase quand je le vois, ses bras de chemise remontés sur ses avant-bras musclés. Il me scrute durement de ses yeux bleus et je me sens rougir à la vitesse éclair. J'ai l'impression d'être une espèce de midinette idiote, avec lui !

— Qu'est-ce que tu n'as pas compris quand je t'ai demandé de rester dans la chambre ? me demande-t-il sèchement.

— C'est pas… Je veux dire que c'est la façon dont vous l'avez dit, je murmure tellement bas que je ne suis pas sûre qu'il ait entendu.

— Pourtant il me semble avoir parlé à voix haute et intelligible, lance-t-il en sortant un verre et une bouteille d'alcool d'un meuble en bois.

Il se sert un verre et attend ma réponse qui ne vient pas. Finalement, j'ai un peu honte de l'avoir espionné et, en plus, je me fais l'effet d'une gamine prise la main dans un sac de bonbons. Je grimace au souvenir de moi, enfant, lorsque ma mère m'avait mise au régime et que j'étais obligée de me cacher pour dévorer des friandises.

— C'est bien ce qu'il me semblait ! Tu dois apprendre à respecter les règles, Betty, me sermonne-t-il.

« *Tu dois apprendre à respecter les règles, Betty* », je me répète mentalement en imitant sa voix.

C'est n'importe quoi ! Depuis quand je suis une rebelle ? J'ai toujours été la fille sage qui ne fait jamais de vague. J'inspire et décide de rester dans cette dynamique et donc de changer de sujet.

— On ne va pas chercher Tania ? je lui demande tout doucement.

Il m'observe, surpris. Mauvais changement de sujet, il faut croire ! J'aurais mieux fait de me taire, de toute évidence.

— Ça ne servirait à rien, me dit-il avant de boire une gorgée d'alcool.

Sa précédente hypothèse fait écho dans mon cerveau et c'est en toute logique que je demande :

— Parce qu'elle n'a pas vraiment disparu ?

— Non, parce qu'on ne la trouvera pas, lâche-t-il, son regard bleu perdu dans le vide.

— Comment ça ?

— Elle n'est ni au Paradis ni en Enfer, donc on ne la trouvera pas.

— Comment… ? Je ne comprends pas.

— Son aura a disparu, dit-il avant de boire son verre cul sec.

Décidément, c'est la mode des auras qui se font la malle !

Trêve de plaisanteries. Donc, malgré ce qu'il a dit à son interlocuteur tout à l'heure, il s'est servi de son pouvoir et il ne sait pas où est Tania. Étrangement, je ne suis pas totalement surprise qu'il l'ait fait. Il se donne l'air de n'être touché par rien, mais en fait il y a un petit cœur qui bat sous ce magnifique torse musclé.

Cette perspective me tire un léger soupir rêveur. Je toussote et me reprends aussi vite que possible.

— J'espère que Tania va bien, je souffle en me rappelant soudainement mon inquiétude pour la seule personne qui ait été gentille avec moi depuis ma mort.

Est-ce qu'un ange peut mourir ? Ou dans son cas, un apprenti ange ?

— Je ne pense pas, lance-t-il comme s'il venait de me dire qu'il allait pleuvoir aujourd'hui.

Non mais quel rabat-joie celui-là !

Je l'observe les sourcils froncés et lui dis avec une voix haut perchée :

— Vous avez dit ne pas savoir où elle était ! Qu'est-ce qui vous fait dire qu'elle ne va pas bien ?!

— Mon instinct. Et maintenant, va te coucher, demain tu as une grosse journée, dit-il en se servant un autre verre.

— Je n'ai pas de lit dans ma chambre ! je lui rappelle les bras croisés, ne digérant pas sa réplique à propos de Tania.

— C'est pour cela que je t'avais installée dans le mien ! Tu sais, dans la chambre que je t'avais expressément demandé de ne pas quitter !

Je ne sais pas quoi lui répondre, j'opte donc pour un regard désapprobateur suivi d'un sifflement exaspéré en quittant la pièce. Une fois dans le couloir, je me tourne et lui lance :

— Sans vouloir vous manquer de respect *mon Maître,* je trouve qu'Azraël est tout de même mieux que La Mort comme nom !

Il me scrute, visiblement amusé, le verre presque au bord des lèvres, et me dit :

— Pourtant, c'est la même chose.

— Pas vraiment, il y en a un qui est morbide et l'autre… vintage !

— *Vintage* ?!

— C'est un mot pour dire vieux mais sans être méchante, je lui explique avec un air de peste.

— Je sais ce que veut dire « vintage », et il semble que tu n'as pas conscience d'à quel point ce prénom est vieux ! Pour changer de sujet, je crois que ta formation de demain va t'être grandement bénéfique !

— Comment ça, ma *formation* ?

— L'école, si tu préfères…

— Je vais à l'école demain ?

— Betty, tu dois vraiment apprendre à te concentrer sur ce que l'on te dit !

J'ouvre la bouche, mais je n'ai pas le temps de répondre qu'il me coupe avec un « va te coucher » qui n'appelle aucunement à la discussion.

Je soupire et traîne les pieds jusqu'à sa chambre.

L'école… Voilà une torture que je ne pensais plus jamais revivre !

Paradis, mon cul, oui !

Je la regarde partir en boudant et souris comme un idiot. Je me renfrogne au moment où je m'en rends compte, inspire et tente de faire taire les sentiments qui m'assaillent. Je ne comprends pas d'où cela provient, mais je dois y mettre fin rapidement avant que cela ne me dépasse.

Betty va finir par me rendre fou et cela est une très mauvaise chose.

8

La Mort dort en silence

Les yeux fermés et l'esprit encore habité de rêves où le héros était sans conteste mon très sexy Maître rabat-joie, je m'éveille doucement. Je me tourne, enfonce une nouvelle fois mon nez dans l'oreiller et inspire son odeur avant de soupirer d'aise. Je n'arrive pas à définir ce parfum, mais il m'électrise autant qu'il m'apaise.

Il m'a suivi toute la nuit et c'était divin…

Je soupire à nouveau avant de m'étirer, les bras et les jambes écartés, avec un grand sourire, comme une étoile de mer euphorique.

Il me serrait contre son torse musclé et me murmurait à quel point j'étais belle et extraordinaire. Sa chaleur entourait mon corps fébrile et ma tête reposait mollement sur son épaule solide. Sa main se perdait parfois dans mes cheveux…

Je m'imagine une seconde ce que cela doit être d'être embrassée par un homme comme lui. Je me mets instantanément à glousser à l'image de ses lèvres se pressant sur les miennes.

— Même dans ton sommeil, tu es étrange, lance une voix que je reconnais immédiatement.

Je sursaute, ouvre les yeux et rougis à la vitesse éclair en voyant l'objet de mes fantasmes m'observer depuis le fauteuil en cuir noir dans le coin de la chambre. Sa jambe gauche repose nonchalamment sur sa cuisse droite. Il tient une tasse à café et ses yeux semblent encore plus bleus que la veille. Il ne me quitte pas du regard et je me sens perdue, car je n'arrive pas à cerner son visage sans émotion.

— Je... Pardon ? je finis par lâcher, ne sachant pas sur quel pied danser.

— Tu fais des bruits bizarres et tu baves aussi, répond-il en arrangeant l'ourlet de la manche de sa veste noire de costume sur mesure comme si de rien n'était.

Comment il peut savoir que je bave ?

Il m'a regardé dormir ! je m'écrie mentalement.

Je ne sais pas si je dois être choquée, flattée, surprise, furieuse ou m'inquiéter de sa santé mentale...

— Comment ? Je veux dire, je ne bave pas ! je m'écrie avant de m'essuyer discrètement le bord de la bouche.

Bon, peut-être un peu, mais il n'est pas censé le savoir !

— Voilà qui est intéressant…, souffle-t-il en me scrutant les sourcils froncés.

— Je ne vois pas en quoi le fait que je bave ou non dans mon sommeil mérite le qualificatif d'intéressant !

— Non, effectivement tes excrétions buccales ne le sont pas, par contre ta capacité à mentir l'est.

— Je… je ne suis pas une menteuse ! je m'exclame, carrément vexée.

J'ai peut-être un peu bavé, mais cela ne fait pas de moi une personne de mauvaise foi ! Juste une femme qui n'a pas franchement envie d'avouer à un très bel homme qu'elle bave en dormant.

— Si, pour des petites choses qui te mettent mal à l'aise. Je n'en étais pas certain jusque-là, mais maintenant, si.

— Tout le monde n'est pas Robocop ! Et la plupart des gens, dont moi, n'ont pas forcément envie de partager ce genre d'information *gênante* ! De plus, vous n'avez pas de preuve de vos dires.

— Robocop ?!

— Oui, le robot sans émotion !

— Les anges sont limités en la matière. Plus on est âgé, moins on en est pourvu. Ce qui est également étrange, c'est que ce ne soit pas ton cas. Tu sembles complètement submergée par tes émotions et cela t'empêche même de te concentrer par moments. De plus, personne n'a la capacité de mentir, au Paradis. Avec le temps, nous arrivons à trouver des parades linguistiques, mais nous ne pouvons pas mentir. Et pour finir, tu m'as bavé sur l'épaule cette nuit ! lâche-t-il avant de hausser les épaules, comme s'il ne venait pas de m'annoncer tranquillement que j'avais dormi avec un homme et que je ne m'en étais même pas rendu compte.

Je crois que ma mâchoire vient de se décrocher.

J'ai dormi avec lui...

Bordel ! Pourquoi j'ai le sommeil aussi lourd ?! Il était habillé comment ? À quoi ressemble-t-il endormi ? Ma vie est tellement injuste ! J'ai partagé mon lit avec un apollon (voire un homme tout court) pour la première fois de ma misérable existence et je... Rien ! Est-ce que j'avais vraiment la tête sur son épaule ? Est-ce que... ?

— Tu vois encore une fois que tu es dépassée par tes émotions, dit-il, stoïque, avant de boire une nouvelle gorgée de son café.

— Vous devez être sacrément vieux ! je lance sans réfléchir, ce qui le fait sourire légèrement.

Cela ne dure qu'une fraction de seconde, mais je l'ai vu. Je me surprends moi-même avec ma réplique, mais je dois avouer qu'il m'a piquée au vif avec sa remarque sur mes « émotions ». Je n'avais jamais partagé mon lit avec un homme et j'ai l'impression qu'il se moque de ce que je peux ressentir. Sans compter que j'aurais préféré qu'il ne se rende pas compte de l'effet qu'il a sur moi. Je ne sais pas si je suis triste ou juste en colère.

— Votre histoire de mensonge ne tient pas la route, puisque hier soir vous avez menti à celui que vous nommez « Majesté » ! je crache presque.

Bon, ben, pour le moment, de toute évidence je suis en colère !

— Celui que l'on nomme « Majesté » ?! répète-t-il sans prêter plus attention au fait qu'il m'ait vexée.

— Oui, d'ailleurs je n'ai pas réellement saisi qui il était, j'avoue finalement.

Il y a tellement de choses que j'ignore sur ce lieu, sur mes fonctions…

— Celui que l'on nomme « Majesté », c'est Dieu, dit-il comme si cela allait de soi.

— Ce vieux monsieur rondouillard et hautain ?! je m'écrie, sous le choc.

Il hoche la tête pour confirmer.

Oh, la déception ! C'est quoi ce Paradis tout pourri ?!

Sincèrement, ça ne vaut pas tout le « tsoin-tsoin » que l'on s'imagine avant de mourir !

— Quand je pense qu'il y a des gens qui font la guerre pour lui ! Ils devraient peut-être le rencontrer avant, ça les calmerait aussi sec, je souffle, toujours abasourdie par cette nouvelle.

— Les humains font la guerre pour eux et non pour Dieu. De plus, il n'est pas possible de le rencontrer avant de mourir, et encore, il faut être au Paradis et faire partie d'un certain rang pour que ce soit le cas.

— Je ne disais pas ça pour…

Je ne finis pas ma phrase et retombe lourdement sur l'oreiller. Rien ne sert de lui expliquer : il ne comprend ni l'humour ni l'ironie, je crois.

— Cela ne change rien au fait que vous ayez menti vous aussi, je reprends, sûre de moi.

— Je n'ai pas menti, déclare-t-il avant de secouer la tête.

— Si, vous lui avez dit…

— Que mon don était sacré et qu'il m'a été offert dans le but de récolter des âmes et de les traiter avec justesse et bienveillance. Non pour retrouver une apprentie qui s'est certainement enfuie avec je ne sais quel don Juan, récite-t-il mot pour mot. Je te l'ai dit, avec le temps, on apprend à ruser.

— Donc vous ne pouvez pas mentir ? je lui demande en me redressant.

— Non.

— Je peux vous demander n'importe quoi et vous serez obligé de me dire la vérité ? je lance, étrangement ravie à cette idée.

— Oui, mais je peux aussi ne pas répondre si je ne le souhaite pas.

— Eh bien, parfois ne pas répondre équivaut à confirmer !

Il inspire comme s'il allait me révéler quelque chose mais, finalement, il me dit juste :

— Tu devrais aller te préparer, tu vas finir par être en retard pour ton premier jour.

Mon œil droit se met à cligner nerveusement quand je me souviens qu'aujourd'hui je commence ma formation.

Le Paradis, c'est définitivement l'Enfer ! Je hais l'école, l'école me hait, et là, en plus, je suis sûre que je ne vais pas pouvoir échapper aux cours d'EPS !

Inquiète, je demande à La Mort :

— Je ne peux pas faire ma formation ici ? Je veux dire, je ne suis peut-être pas obligée de suivre les cours, en plus de mon apprentissage ?

Son expression semble s'adoucir un instant. Il baisse les yeux et répond tout bas :

— Si c'était le cas, tu n'irais pas. Malheureusement, cela fait partie du processus pour devenir ange gardien et, même moi, je ne peux rien y changer.

Ses paroles me laissent toute flagada, tout à coup. *Peut-être qu'il m'aime bien, finalement...*

Comment est-ce possible que je le trouve si agaçant et en même temps incroyablement... *Wahou ?!*

— Je ne suis pas très douée pour l'école, j'avoue en tentant de masquer mon embarras.

— Je sais, mais ce n'est pas ce qui m'inquiète, murmure-t-il toujours la tête basse, comme s'il semblait perdu dans ses pensées.

Il relève la tête et ma respiration se coupe. Ses yeux ont pris une teinte métallique, il semble plus dangereux que jamais.

— Tu ne devrais pas être ici. Je ne sais pas qui tu es, ou ce que tu es, mais je suis sûr d'une chose : tu es une anomalie.

Une anomalie…

Ce terme me fait mal. Depuis mon arrivée, j'ai bien compris que je n'avais ni le physique ni… rien du tout ! Mais là, ça fait mal. Peut-être à cause de son regard dur qui m'avertit qu'il serait prêt à m'éliminer, ou du fait que ce soit lui qui emploie ce mot. L'espace d'un instant, j'ai cru qu'il m'aimait bien, mais non, il souhaite juste me garder à l'œil car… je suis *une anomalie.*

Je ravale ma fierté et me fais une raison, je n'ai rien à faire là. Je le savais, mais personne ne veut vraiment m'écouter, pour la simple et bonne raison que cet idiot de Dieu m'a marquée sur une liste. Maintenant que je connais le personnage, je m'étonne que personne n'ait eu le courage de remettre en doute son choix.

— Peut-être que l'on devrait juste le dire au responsable et qu'il me laissera aller au Paradis ?

je dis doucement en tentant de masquer le fait que sa remarque me peine.

J'avale difficilement ma salive et commence à triturer nerveusement le drap. Il vaudrait mieux que je parte, mais il faut se rendre à l'évidence, je n'en ai pas très envie. Contrairement à lui, j'ai la capacité de ressentir des émotions et, moi, je l'aime bien. Même s'il m'agace avec son ton despotique !

— Tu es au Paradis, souffle-t-il entre ses dents.

— Je faisais référence au vrai Paradis, je murmure en baissant les yeux.

— Tu y es, répète-t-il plus fort.

Je soupire, agacée de ne pas arriver à me faire comprendre.

— Je fais référence à celui où l'on va quand on meurt et que l'on a fait des choses bien de son vivant.

— Betty, il n'y a pas d'autre Paradis ! crie-t-il presque.

— Je ne comprends pas ! Les gens qui meurent, ils vont où ? je m'énerve.

Je suis certaine qu'il y a un autre endroit…

— Ici ! s'impatiente-t-il.

— Ce n'est pas logique. Sinon cela signifierait que tous ceux qui meurent deviennent des anges, je dis en ayant le sentiment de tenir un argument imparable.

— Non, effectivement, car ce ne sont que des âmes. Ils n'ont pas d'enveloppe comme toi ou moi. Parfois, ils retournent sur Terre, ou bien ils restent ici.

— Donc, si je résume : je suis au Paradis. Soit je deviens ange gardien, soit je peux retourner sur Terre, soit je peux me la jouer Casper et hanter les lieux ?! J'avoue que hormis à mon arrivée, je ne sens pas trop le côté paradisiaque du Paradis ! C'est bien la peine de vous la jouer club ultra-select pour un truc aussi pourri ! je m'énerve en sentant poindre mes larmes.

J'en ai marre que l'on se moque de moi, de mon physique, que l'on me traite d'anomalie ! Je préférais quand j'étais vivante et que l'on m'ignorait…, me dis-je en essuyant des larmes qui perlent au bord de mes yeux.

— En acceptant de me servir, tu as accepté ta condition d'ange. Tu ne peux pas revenir en arrière. Et en attendant que j'éclaircisse les mystères qui entourent ta venue, tu vas aller te préparer pour ta formation. Nous n'avons pas besoin d'attirer plus l'attention sur toi, qu'elle ne l'est déjà !

— Je préférais vraiment lorsque j'étais invisible, je dis très bas.

— C'est faux. Avant que tu ne meures, tu souhaitais exister et être aimée, commence-t-il en se levant. Maintenant, va te préparer, le petit déjeuner va être prêt, continue-t-il en me montrant la porte.

Je pousse le drap et me lève à mon tour en gardant pour moi que ce que je souhaitais vraiment c'était être aimée, et que je sais que ce ne sera jamais le cas. Je ravale ma tristesse et lui passe devant en silence. Je traverse le couloir le moral au plus bas. J'ouvre ma porte et reste bouche bée. Les livres ont disparu, laissant place à une réplique presque exacte de ma chambre avant ma mort. Un grand lit avec une couette Minion, une table de nuit en bois exotique avec un radio-réveil rose poilu, une lampe en forme de champignon…

— Tu as des vêtements dans le placard, me dit La Mort en m'observant sur le pas de la porte.

— Je… Merci, je souffle, émue par toutes ces attentions.

Je mords ma lèvre tremblante, ordonne à mes larmes de ne pas couler, car je sais qu'il n'aime pas ça. Mais au bout de quelques secondes, je me mets carrément à pleurer.

— Tu pleures aussi quand tu es contente ! s'exclame-t-il.

— Je ne pleure pas ! je crie presque, en me mettant à pleurer encore plus fort.

Il m'observe, un sourcil relevé en silence, avant de reprendre :

— Je n'y crois pas une seconde, et maintenant prépare-toi, nous devons parler avant que tu ailles à ta formation.

Comme d'habitude, il n'attend pas de réponse et s'en va. Je le suis dans le couloir et lui demande, la lèvre tremblante :

— Pourquoi ?

Il secoue la tête, ne comprenant visiblement pas ma question.

— Pourquoi avoir fait tout cela pour moi ? je l'interroge, la gorge serrée par l'émotion.

— Parce que tu es mon apprentie, sort-il comme si ça coulait de source avant de repartir.

Je reste un moment coite au milieu du couloir, les larmes coulant le long de mon visage. Puis je finis par retourner dans *ma chambre*. Ce dernier terme a toute sa signification, car je m'y sens chez moi ou, en tout cas, j'ai presque l'impression d'être chez moi. J'ouvre l'armoire et constate que certes les vêtements sont noirs, mais qu'ils sont à ma taille. Par contre, je deviens rouge incendiaire quand je tombe sur un morceau de dentelle minuscule.

Alors je ne sais pas où il a trouvé ça, mais de mon vivant je n'ai jamais, mais alors jamais, eu ce genre de chose ! me dis-je en triturant le minuscule bout de tissu bien trop sexy pour moi.

Je ne dis pas que je n'ai jamais voulu en porter, mais juste que je n'ai jamais osé. Je ne m'assumais pas assez pour le tenter.

Et maintenant ? je me demande en le tirant dans tous les sens.

Pas encore, mais qui sait, peut-être un jour…

Je sursaute quand une horloge sonne.

Ça m'aurait étonné qu'il n'en mette pas une ici aussi ! me dis-je en scrutant l'objet en question, positionné bien en vue sur l'un des murs.

À l'occasion, il faudrait que je découvre le pourquoi du comment de son obsession pour l'heure… Mais en attendant, je vais aller prendre une douche et enfiler avec beaucoup de plaisir des vêtements décents qui couvrent bien toutes les parties de mon corps et qui ne deviennent pas transparents en cas de baignade inattendue. L'un des avantages du noir. Ce n'est pas ma couleur, mais elle a le mérite d'avoir certains côtés pratiques.

Je me fige et applaudis au comble du bonheur quand je découvre des chaussures. Je n'avais rien contre le fait de marcher pieds nus, mais j'avoue que là ça sera plus confort. Pour ma rentrée, je choisis un jean, un débardeur, un tee-shirt à manches longues et des baskets, le tout noir, bien évidemment. Je jette un coup d'œil aux sous-vêtements et me décide pour un ensemble en coton simple. Je caresse la dentelle et ne peux m'empêcher de me demander pourquoi il les a mis dans mon armoire. Mon cerveau élucubre évidemment un plan pseudo-romantique, ma libido un scénario bien trop coquin et ma raison une explication bien plus en adéquation avec la réalité : il ne savait certainement pas quel style choisir.

Est-ce qu'il m'a imaginée les porter ?

— Betty, ne lambine pas ! me fait sursauter la voix de La Mort à travers la porte de ma chambre.

Je jure en ramassant les vêtements que j'ai fait tomber au sol de surprise.

— Si je t'entends râler, c'est que tu n'es pas sous la douche ! Il faut que tu apprennes à te concentrer sur les tâches que tu dois accomplir ! Si dans cinq minutes tu n'es pas prête, je t'habillerai moi-même, finit-il par me menacer.

— Despote, je murmure avant de me ruer sous la douche.

Je pousse la porte et regarde autour de moi en souriant.

Il y a aussi mes affaires de toilette !

— Ma serviette de bain avec des fraises Tagada ! je m'exclame, prête à fondre à nouveau en larmes.

Je me mords la lèvre et me dépêche de filer sous la douche avant que La Mort ne décide de déverser son courroux sur moi. J'ouvre mon gel douche senteur Haribo et souris en me lavant. Je me sèche en chantonnant et me surprends à me sentir de meilleure humeur. Toutes ces petites attentions ne changent rien au fait que je sois morte, ange malgré moi… ainsi qu'une anomalie au sein du Paradis. Mais elles m'aident un court instant en me donnant l'illusion que rien de tout ça n'existe et que je suis encore chez moi, dans ma vie tristement banale.

— Betty, dépêche-toi ! crie La Mort depuis l'autre côté de la porte.

Je grimace et m'habille tellement vite que je manque de tomber à plusieurs reprises.

— Je suis presque prête, je lance en me coiffant rapidement.

Pas de réponse.

Je ne lambine pas pour autant et me fais une queue-de-cheval. Je regarde mon reflet dans le miroir avant de quitter la salle de bains et me trouve quelque chose de changé. Je ne saurais dire ce que c'est, mais je semble plus… adulte. Je ne saurais expliquer à quoi est dû ce sentiment mais c'est comme si en mourant j'avais perdu une partie de mon innocence.

Je soupire, sors enfin de la salle de bains au moment où mon Maître despote crie : « Betty ! » Je sursaute et jette un coup d'œil courroucé à La Mort.

— Je suis prête, ce n'est pas la peine de hurler, je lui sors en lui jetant un regard aussi noir que ma tenue.

— Si c'est le cas, pourquoi n'es-tu pas dans la cuisine ?

— Je croyais que les anges n'avaient pas besoin de manger ?

— Tu es une apprentie ange, et une jeune âme, donc tu as besoin de te nourrir. Peu, mais tu dois malgré tout faire un repas minimum par jour, le temps que ton corps s'acclimate à sa nouvelle condition.

— Contrairement à vous.

Il ne répond pas et quitte la chambre.

J'en déduis que je dois le suivre ! me dis-je en sentant déjà ma bonne humeur commencer à s'évaporer. Je soupire et traîne les pieds jusqu'à la cuisine.

— C'est rustique ! je lâche en regardant tout autour de moi.

On se croirait dans la chaumière des sept nains ! Je m'attends presque à trouver un écureuil qui fait la vaisselle.

— Si la décoration ne te convient pas, tu pourras la modifier à ta guise. En attendant..., il finit sa phrase en me tendant un bol avec une mixture étrange.

Il m'observe curieusement pendant que je plonge ma cuillère dans l'espèce de truc granuleux.

Mais qu'est-ce que c'est que ça ?

Je n'arrive pas à déterminer quel est ce plat. Quand je mélange, ça fait des bulles !

— C'est ? je demande, pas franchement inspirée et espérant que ce ne soit pas la nourriture spécial apprenti ange.

— Du porridge.

— La bouillie que mangent les Anglais ?

— Oui, effectivement. C'est également un petit déjeuner riche en énergie, récite-t-il fièrement.

— Je vois… C'est… Je veux dire… Je vais péter la forme toute la journée avec un machin pareil ! je sors avant de plonger une bonne fois pour toutes ma cuillère et de la porter à ma bouche.

Bon sang, c'est dégueulasse !

J'hésite entre le recracher et le garder dans ma bouche en espérant que l'affreux goût de chaussettes sales s'estompe.

— Je ne cuisine pas souvent, dit-il en m'observant, visiblement embarrassé.

Je crois qu'effectivement c'est mieux pour le bien de l'humanité !

Finalement, j'avale la bouillie en tentant de masquer ma grimace du mieux possible.

— C'est très… particulier ! je lui dis en touillant la mixture, songeuse.

Pourvu qu'il ne me demande pas de tout manger…

— C'est mauvais à ce point-là ?

— Je n'avais jamais eu la chance de goûter ce plat jusqu'à aujourd'hui et je dois avouer que ça surprend.

— Tu n'aimes pas ?

J'oscille entre l'envie de crier que c'est affreux et celle de lui faire plaisir puisqu'il a pris la peine de me faire à manger.

— Ce n'est pas ce que je mange habituellement, je dis finalement.

Ce n'est pas un mensonge non plus !

— Bien ! conclut-il avant de changer de sujet. Aujourd'hui va commencer ta formation. Quoi qu'il se passe, n'oublie pas de rester concentrée.

— Vous n'êtes pas censé me rassurer ou au moins m'expliquer en quoi cela va consister ?

— Chaque formation est différente et je ne vois pas pourquoi je devrais te rassurer.

C'est moi ou je sens que je vais encore passer un merveilleux jour au Paradis ?

— De plus, tant que je n'ai pas élucidé ton mystère, je préfère que tu fasses profil bas et que tu ne te fasses pas remarquer.

— « Profil bas » ? Je dois faire quoi, au juste ?

— Ne pleure pas, ne mens pas et surtout ne t'échappe pas en Enfer !

— Je n'ai pas prévu de pleurer et je n'aime pas trop vos insinuations concernant le mensonge, je râle.

— Maintenant que cela est dit, mange !

En définitive, j'aurais peut-être dû rester en Enfer ou me faire adopter par Hadès et Perséphone…

Je ne lui dirai pas, mais cette journée m'inquiète. Si ses particularités venaient à se savoir, je ne sais pas ce qui se passerait mais je suis sûr d'une chose, ce ne serait pas bon.

Elle n'est pas juste particulière, elle est également forte, très forte et cela en effraierait plus d'un. Le souvenir de la lumière incandescente de son aura me revient en mémoire. J'aurais dû comprendre à ce moment-là quel être exceptionnel elle allait devenir, mais j'étais tellement subjugué par sa beauté que je n'y ai pas pris garde.

Je n'avais qu'une hâte : la retrouver, je m'avoue à moi-même de plus en plus surpris par ce que je ressens.

Je me concentre à nouveau et lui souris pendant qu'elle s'applique à manger son porridge. Je crois qu'elle n'aime pas ça, mais je n'en suis pas certain.

9

Finalement à Poudlard, l'école c'était pas sorcier !

Le ventre émettant des bruits venus d'ailleurs, je regarde autour de moi assez sceptique. Quand on m'a parlé de formation, je ne sais pas, j'avais imaginé une salle de classe avec des tables et des chaises. Mais pas vraiment ça !

Nous sommes tous en lignes dans une arène de style gallo-romain et j'ai la fâcheuse impression que l'on ne va pas commencer par un contrôle de mathématiques.

Cette espèce de nain avec du poil dans les oreilles qui tient une arbalète et me regarde l'air mauvais ne me dit rien qui vaille !

L'abominable Tristan me fait un sourire narquois avant de regarder à nouveau devant lui, stoïque, comme les autres apprentis. J'essaie de rester immobile comme tout le monde, mais mon estomac fait des vagues. Je secoue la tête pour tenter de me concentrer et jette un coup d'œil à La Mort qui m'observe depuis l'extérieur des arènes avec les autres Maîtres.

Donc la formation consiste à faire du sport ? Je suis ravie d'avoir été prévenue ! Et que l'on m'ait dit ce matin : « Betty, tu devrais mettre un jogging. » Mais non, suis-je bête, personne ne l'a fait ! Conclusion, tout le monde porte un jogging blanc, à part moi évidemment qui ai eu la bonne idée de mettre un jean noir. Noir, comme les habits de La Mort qui soit a une fâcheuse tendance à vouloir faire son intéressant, puisque tout le monde porte du blanc, soit est dépressif ou gothique et a décidé que moi aussi je devais être dépressive ou gothique. À moins que ce soit la couleur officielle de La Mort. Comme dirait Johnny : « Noir c'est noir, il n'y a plus d'espoir ! »[1]

Il en est peut-être de même pour La Mort ? Il faudrait que je me renseigne à ce sujet, à l'occasion, en plus de sa fascination pour les horloges et ses talents culinaires plus que discutables.

Pour le moment, il reste droit, le regard fixé sur moi comme le nain poilu avec son arbalète, tandis que les autres Maîtres discutent entre eux.

---

1. Extrait de *Noir c'est noir* de Johnny Hallyday, de l'album *La génération perdue*, © Philips, 1966.

Si on pouvait m'ignorer l'espace de quelques minutes, ce serait sympa..., me dis-je au moment où mon ventre se tord et émet un grognement étrange.

Bon sang, que c'était mauvais son foutu porridge!

Pourquoi j'ai mangé cette bouillie? Je ne pouvais pas lui dire que son truc était dégueulasse? Non, il a fallu que je sois gentille et polie, encore!

La jeune femme à côté de moi me regarde l'air dégoûtée et je lui adresse un sourire crispé en réponse. Je me vois mal lui expliquer que mon Maître m'a gavée de flocons d'avoine visqueux en espérant faire de moi Usain Bolt.

— Bien, puisque vous êtes tous là, nous allons commencer, dit celui qui va probablement être notre professeur en me fixant de ses yeux noirs.

Il est encore plus grand que les autres, a des épaules qui font deux fois mes fesses et il est surtout excessivement terrifiant! Ce n'est pas forcément dû à son physique, puisqu'il n'est pas vraiment vilain avec ses cheveux blonds, mais c'est plus dans son attitude.

Il me fait penser à quelqu'un mais je n'arrive pas à retrouver qui... Une chose est sûre, il me fait peur!

Je me voûte et décide de contempler le sol en terre qui, selon moi, est moins terrifiant.

— Pour les ignares qui ne me connaissent pas, je suis Chamuel, le chef des armées, et c'est moi qui vais m'occuper de votre formation.

C'est pas très rassurant cette histoire…

— Je vois que certains ont bien profité de leur passage sur Terre, souffle-t-il en se positionnant devant moi.

J'avale difficilement ma salive et ai la fâcheuse impression qu'il vient de me traiter de grosse !

Je cherche discrètement du regard La Mort et me fige quand je vois le nain qui arme son arbalète dans ma direction. Les battements de mon cœur s'accélèrent.

Il ne va quand même pas me tirer dessus ?!

Paniquée, je jette encore un coup d'œil à La Mort qui ne bouge pas d'un poil et semble statufié tellement il est immobile. Le nain enclenche son arme. Chamuel fait un signe de main et je me mets à couiner quand la flèche passe juste à côté de moi et va se ficher au sommet de l'énorme poteau derrière moi.

— Bon sang, les démons vont se régaler avec toi ! me dit le chef des armées avant de nous hurler de faire le tour des arènes en courant.

Mes collègues de formation partent tous comme un seul homme, formant un groupe. Et moi, ben, je les regarde de loin. J'essaie d'accélérer pour les rejoindre, mais mes jambes sont trop petites et dodues et mon ventre agonise sous un amas de porridge. Au bout de ce qui me semble être une éternité, mais qui en réalité ne doit faire que quelques minutes, ils me rattrapent et me passent devant.

— Alors la boulotte, on a les jambes trop courtes ?! se moque l'abominable Tristan en me doublant.

Quel abruti celui-là !

— Mais je crois qu'il a raison, mes jambes sont définitivement trop courtes ! je chouine, déjà à bout de souffle alors que je n'ai toujours pas terminé mon premier tour.

Je transpire, râle, mes pieds sont de plus en plus lourds et je n'avance pas !

Déjà de mon vivant, je ne courais pas souvent, voire jamais ! Je ne réservais ça qu'aux cas d'extrême urgence. Et là, avec mon ventre ballonné, mes cheveux qui collent à mon front, mes cuisses qui se frottent, je comprends pourquoi et me dis qu'il n'est pas plus mal que je n'aie jamais rencontré d'urgence !

J'arrive au niveau des tribunes et vois La Mort qui m'observe, les sourcils froncés.

Pourvu qu'il ne se dise pas que demain il me fera manger plus de porridge pour que je coure plus vite !

Je grogne quand les autres coureurs me rattrapent une nouvelle fois. Mais ils se foutent de moi ! J'ai même pas fini mon premier tour !

— *Renataaa*, chantonne Tristan en me bousculant, cette fois-ci.

Certains me jettent des regards amusés, d'autres m'ignorent et un ou deux semblent avoir pitié de moi. Je soupire, ou plutôt, je respire comme un bœuf, et aperçois enfin le bout de mon premier tour. Je donne tout ce que j'ai, peut-être un peu trop puisque à la hauteur du nain et du sergent instructeur mon estomac rend définitivement l'âme et je me mets à vomir à leurs pieds.

Je relève la tête au comble de la gêne et murmure un petit « désolée » reniflant et légèrement baveux. Ma respiration s'accélère et je me répète mentalement de ne pas pleurer, mais je commence déjà à sentir des larmes au bord de mes yeux. Je me mords la lèvre, je ne sais pas quoi faire. Je n'ose regarder ni le nain ni Chamuel, car si je le fais je ne pourrai pas me retenir.

Je garde les yeux rivés sur le sol, sur ma flaque de porridge et reste concentrée.

Pleure pas, Betty… Pleure pas, Betty… Les apprentis ne pleurent pas…

— De toute évidence, tu n'as pas dû courir beaucoup de ton vivant, *renata*, souffle Chamuel.

Je ne réponds pas et tente de ne pas céder à mes pulsions naturelles. La Mort ne me l'a pas expressément dit, mais à mon avis, il ne m'a pas demandé de cacher mes larmes juste pour son plaisir.

« Tu es une anomalie… »

Cette simple phrase tourne en boucle dans ma tête et c'est ce que son visage sans émotion semble me rappeler. Un avertissement silencieux, car personne n'aime les anomalies.

— Je suis désolée, je… j'ai mal au ventre, je tente dans l'espoir d'être dispensée de sport.

— Tu es une jeune âme, donc il est normal que ton organisme mette plus de temps à s'adapter à ce nouvel environnement, dit Chamuel comme s'il récitait une leçon.

Encore une fois, il me fait penser à quelqu'un mais je n'arrive vraiment pas à dire qui…

Il secoue ses pieds de gauche à droite et fait un signe au nain qui part en courant.

— Je devrais peut-être… faire une pause ? je lui demande avec une toute petite voix.

— « Une pause » ?! répète-t-il comme si je venais de lui raconter une blague.

Je hausse les épaules.

— Tu n'es pas la seule *renata* à avoir passé les enfers. Pourtant tu es la première à m'avoir vomi sur les pieds et qui ne soit pas capable de courir plus de dix minutes. De toute évidence, tu dois avoir une intelligence rare pour être arrivée jusque-là.

Je ne sais pas si c'est une moquerie ou s'il pense vraiment que je suis Einstein. C'est chiant, ces anges handicapés du sentiment !

— Je ne savais pas en quoi consistait la formation. Si j'avais su, je…

— Je ne savais pas qu'en cas d'attaque démoniaque, nous recevions des mémos nous avertissant que l'on allait devoir courir ! me coupe-t-il avant de me lancer sèchement : Betty, je crois que ta pause a été assez longue comme ça.

Il y a des attaques démoniaques ? Je t'en foutrais moi de la paix éternelle !

— Mais…

— Je t'ai dit de courir ! me crie Chamuel, me faisant sursauter.

J'essuie mon nez qui coule, repars en marchant et avec le hoquet.

J'aime pas courir. J'aime pas le Paradis, j'aime pas les anges. J'aime pas le porridge…

— Plus vite ! me hurle-t-il carrément.

J'accélère le pas mais mon ventre gargouille à nouveau dangereusement.

Ne pleure pas, Betty… Ne vomis pas, Betty…

Je me concentre en alternant marche et course à pied. J'essaie de courir, mais mes jambes ne veulent pas. Mes larmes n'en font qu'à leur tête et se mettent à couler le long de mes joues.

Je veux rentrer chez moi, me réveiller en me disant que tout cela n'est qu'un cauchemar et tout oublier, l'Enfer, le Paradis, les anges… tout !

Je me tourne et jette un coup d'œil en direction de La Mort qui n'a pas bougé. Et pourquoi ils sont tous là à nous observer ? Ils n'ont rien d'autre à faire comme… je ne sais pas, des trucs d'ange ! En plus, ce ne doit pas être super intéressant de nous regarder courir. Par contre, le moment où j'ai vomi sur les pieds du sergent blondinet et du nain, ça devait être amusant. Pour moi, c'était gênant, en revanche !

Je grogne quand le blond fou furieux me hurle encore d'accélérer. Il ne voit pas que je suis au max, ce con ! Finalement, je suis contente de m'être délestée de mon porridge sur lui.

C'est juste dommage que ça ne l'ait pas mis plus en colère que ça… ou pas, je termine quand je l'entends ordonner aux autres de faire des pompes après la fin de leurs tours.

Pitié, je ne veux pas faire de pompes…, je chouine mentalement à bout de force.

— Alors la bouffie, on a abusé des viennoiseries ce matin ?! me lance Tristan en arrivant vers moi avec le reste du groupe.

Épuisée, la gorge serrée, les larmes au bord des yeux et le sergent major en fond sonore, la folie me gagne. J'attends que l'abruti de blondinet arrive à ma hauteur, je tends discrètement ma jambe gauche au moment où il me dépasse et le regarde avec beaucoup trop de satisfaction perdre l'équilibre et entraîner les autres avec lui.

— Merde, je dis tout bas en continuant de courir comme si de rien n'était.

Je grimace en jetant de légers coups d'œil à ce qui est devenu un amas de jambes et de bras emmêlés.

J'aurais peut-être pas dû…

— Crotte de bique ! je m'écrie quand Tristan se relève et commence à me courser, visiblement furieux.

— Tu cours pas assez vite, la boulotte ! me hurle-t-il.

J'accélère, mais en deux enjambées il me rattrape et me chope par la taille pour me plaquer au sol.

Ouch ! Je sais pourquoi je n'ai jamais été tentée de faire du rugby !

— Alors, on fait moins la maligne, rit-il en me retournant comme une crêpe et en attrapant mes poignets pour les maintenir au-dessus de ma tête.

— Je serai toujours plus maligne que toi ! je lui lance avant de lui cracher dans les yeux.

Surpris, il me lâche en fermant les yeux et j'en profite pour lui jeter une bonne poignée de terre dès qu'il les ouvre. Je lui donne un coup de pied aux fesses pour le faire basculer et repars en courant le plus vite possible.

— Bordel, je vais te le faire payer ! crie carrément Tristan en s'essuyant les yeux.

— Essaie toujours, abruti ! je lui réponds avant de me fustiger mentalement.

Bon sang, je suis complètement folle ! Il fait deux fois ma taille, est plus rapide, plus… tout ! S'il veut me tuer, autant dire que je suis morte ! À cette idée, je m'arrête de courir.

Je suis déjà morte ! C'est même ça le problème…

J'entends des murmures étonnés en voyant ma réaction, tout le monde semble nous observer avec intérêt. Mais peu importe, il ne me fait pas peur, je suis déjà morte.

— Sérieusement *renata* ?! Tu penses vraiment pouvoir faire le poids contre moi ? J'ai déjà failli t'arracher la tête, tu ne te souviens pas ?

Je ne réponds pas. Je reste immobile pendant qu'il se relève et essuie encore ses yeux. Il s'approche lentement de moi avec un grand sourire carnassier.

— Tu ne cours plus ? me demande-t-il, amusé.

— À quoi bon ? Je ne cours pas assez vite !

— Je vais prendre beaucoup de plaisir à me venger. Et je vais le faire très lentement et tu vas bien le sentir passer, me sort-il en se frottant les mains.

— Si tu le dis ! je sors en haussant les épaules.

Il se poste devant moi et m'interroge de toute sa hauteur :

— Une dernière volonté ?

J'ouvre la bouche pour lui répondre que si je meurs à nouveau j'espère tomber au Paradis, au vrai, pas celui où l'on semble prendre un malin plaisir à me rabaisser et me torturer. Mais je n'en ai pas l'occasion, car La Mort apparaît soudain comme par magie entre Tristan et moi.

— Je crois qu'il serait préférable de reprendre votre entraînement, dit-il sur un ton sans réplique.

Tristan recule, visiblement apeuré. Il jette un coup d'œil à Chamuel qui s'est approché pour mieux observer la scène, puis son regard revient sur moi une dernière fois, comme un avertissement qu'il n'en a pas fini avec moi.

— Je croyais que l'on avait dit que tu ne devais pas te faire remarquer, me murmure mon Maître avant de s'écarter de moi comme si de rien n'était.

— Eh bien, voilà qui était intéressant ! lance notre instructeur en faisant naviguer son regard entre moi et Tristan.

Je soupire, m'attendant au pire pour la suite. Une remarque sur mon poids, le fait que je ne cours pas vite…

— Elle ne court pas vite, mais elle est petite, rusée et hargneuse, finit Chamuel en observant Tristan, visiblement amusé.

La Mort me jette un dernier regard qui signifie, je crois, « tiens-toi tranquille ou tu auras du porridge au dîner ! » et retourne dans les tribunes.

— Il ne sera pas toujours là pour te protéger, *renata*, me chuchote Tristan.

— Effectivement, abruti, il ne sera pas toujours là pour te protéger ! je lui murmure à mon tour.

— Bien, la récréation est terminée ! lance Chamuel.

Tout le monde se remet à courir, même Tristan qui croit bon de me donner un coup d'épaule au passage.

— Betty ! me fait sursauter le sergent-major.

Il n'est pas sérieux, là ?!

— Cours !

Donc oui, il est sérieux !

Je soupire et repars en trottinant doucement.

— Plus vite !

Je hais le Paradis !

Je me traîne comme un sac de pommes de terre chargé d'humidité pour finir mon tour. Je finis par arriver une éternité après tout le monde, à bout de souffle, suant à grosses gouttes et toujours avec ce foutu hoquet. Le reste du groupe a déjà fait je ne sais combien de pompes, et moi, je prie (enfin, façon de parler !) pour en être dispensée.

— Je ne crois pas t'avoir demandé d'arrêter ! me lance Chamuel.

— J'ai… fini… mon… tour ! je bégaie en tentant de reprendre ma respiration.

— Et ?

— Et… je peux…

Je ne finis pas ma phrase, espérant être dispensée d'un nouveau tour.

— Tu sais à quoi sert cette flèche ? me demande-t-il en désignant ladite flèche que le nain avait fichée au sommet du poteau.

Ce n'est pas vraiment ce que j'attendais mais bon, parlons de la flèche si ça lui fait plaisir. Du moment que je ne cours pas, je ne suis pas contrariante !

Je secoue la tête et attends la merveilleuse histoire de *la flèche*.

— Cette flèche est l'aboutissement de votre formation. Pour l'atteindre, vous devez faire preuve d'adresse, de force et également d'intelligence, car les choses ne sont pas toujours ce qu'elles semblent être. Aujourd'hui, tu ne possèdes aucune de ces qualités !

Je jette un regard aux autres qui font leurs pompes avec énergie, puis à la flèche sur le poteau. Je vais devoir me rendre à l'évidence, je ne suis pas près de la retirer, cette saloperie !

— Je crois que ta pause est terminée, Betty, me lance-t-il en me faisant un signe de tête pour que je reprenne mon chemin.

Je soupire et repars en marchant.

— En courant ! crie-t-il.

Je trottine ou, en tout cas, j'essaie encore et encore…

Je ne vois pas en quoi courir va m'aider à récupérer cette foutue flèche ! Je jette un coup d'œil à Chamuel et décide de faire malgré tout ce qu'il m'a demandé. Je ne pense pas que le mettre en colère soit une bonne idée. Et puis, pendant que je fais mes tours, on me laisse tranquille, donc ce n'est pas plus mal. Je passe devant les tribunes et constate que La Mort est toujours à la même place à m'observer. Les autres Maîtres quant à eux discutent ensemble sans prêter attention à leurs apprentis qui commencent à montrer des signes de faiblesse. Et ce n'est que justice ! Il n'y a pas de raison que je sois la seule à transpirer, après tout.

Je souris en voyant que certains n'arrivent plus à se soulever et que Chamuel leur crie après. Même Tristan tire la tronche !

— Betty, cours ! Tu n'es pas en promenade avec ta grand-mère ! hurle-t-il pour se rappeler à mon bon souvenir.

Mon cœur se pince à l'évocation de cette dernière. *J'espère qu'elle va bien… Que Tania va bien aussi… Je suis certaine que ma petite confrontation avec Tristan lui aurait beaucoup plu !*

Je repense malgré moi aux paroles de La Mort qui pense qu'elle est en danger, et me demande à nouveau si les anges peuvent mourir. Ce ne serait pas logique que ce soit le cas, mais ici, rien n'est logique !

Mes pieds s'enfoncent dans le sol au rythme de mes pensées et mes tours s'accumulent encore et encore. J'ai l'espoir que tout cela soit terminé quand les autres repartent avec leurs Maîtres, mais râle quand je comprends que ce ne sera pas mon cas. La Mort reste immobile. La nuit tombe. Le blond me hurle de courir. Le nain poilu joue avec son arbalète. Je ne sens plus mes pieds ni mes jambes et j'ai comme le sentiment que lorsque l'on me dira que je peux m'arrêter, je tomberai certainement dans un coma sportalique (c'est comme l'éthylique mais version sport). Le temps passe, mes larmes de douleur se sont taries et je ne comprends pas pourquoi je suis encore là.

Je vois du coin de l'œil La Mort qui sort des tribunes et s'avance vers moi. Chamuel lui fait un signe de tête et… je m'écroule, je sombre et ne réagis pas quand mon Maître me prend dans ses bras. Je ferme les yeux et essaie d'oublier les muscles de mes jambes qui pulsent encore alors que je suis immobile.

En fin de compte, l'école ce n'était pas si mal…

Je me téléporte avec Betty inconsciente dans mes bras. Je plonge mon nez dans son cou et inspire une grande bouffée de son odeur. Je ne devrais pas profiter des moments où elle dort ou est inconsciente, mais respirer son odeur, caresser ses cheveux, apprécier la douceur de sa peau, sont autant de plaisirs auxquels il m'est difficile de résister.

Betty, qu'es-tu en train de faire de moi ?

10

Entre La Mort et moi pas de malaise

J'ouvre un œil, puis le referme. Mon corps est douloureux. J'ai l'impression d'avoir été rouée de coups et qu'on s'est particulièrement acharné sur moi. Je grimace et me fais une raison, je ne pourrai certainement plus bouger pendant une éternité. L'horreur ! Je vais devoir rester couchée dans mon lit moelleux pendant que les autres courront, feront des pompes et tout un tas d'autres choses que je ne leur envie pas.

Une éternité de sieste… Là, pour le coup, ça tombe bien que je sois morte ! me dis-je les bras et les jambes écartés, la tête enfoncée dans mon oreiller, encore vêtue des pieds à la tête.

Je ne bougerai plus jamais…

J'entends La Mort entrer dans ma chambre. Je rouvre les yeux et lui jette un regard mauvais qu'il ignore complètement, comme d'habitude !

Et puis, pourquoi est-il si beau, lui ? Il a laissé l'autre fou furieux s'acharner sur moi et me faire courir encore et encore ! Je ne devrais pas l'admirer en me disant que ses yeux sont encore plus intenses quand ils sont sombres.

— Tiens, bois ça, me dit-il doucement en me tendant une tasse.

Mon regard navigue entre lui et l'eau verdâtre contenue dans la tasse. Je fronce le nez et me demande ce que c'est que cette puanteur.

Je crois qu'il veut me tuer à nouveau, sauf que cette fois il ne vise pas le spectaculaire comme avec les toilettes. Il souhaite prendre son temps en m'empoisonnant avec de la bouillie et de l'eau moisie.

— Je suis désolée mais je n'ai pas très soif, je tente en espérant qu'il va lâcher l'affaire.

En plus, je ne suis pas certaine que mon estomac se soit vraiment remis de son porridge !

— C'est une plante apaisante qui ne pousse que sur une certaine partie du Paradis difficilement accessible, m'explique-t-il en tendant à nouveau la tasse.

J'hésite : entre l'odeur, la couleur et l'épisode de l'affreuse bouillie, je ne me sens pas des masses en confiance.

— Merci, je boirai tout à l'heure, je lui réponds avec un sourire innocent.

Ou pas ! j'ajoute mentalement.

— Le fait que tu aies la capacité de mentir ne signifie pas nécessairement que tu le fasses bien !

— Je ne mens pas ! je m'exclame, vexée.

Oui, je mens, mais il n'est pas censé le savoir ! Et puis, dans ce cas-là, ça s'appelle de la politesse et non du mensonge. Il a pris le temps de me préparer sa tisane et pour être polie, je ne dis pas complètement la vérité, qui est que ça pue et que la couleur ne m'inspire pas confiance.

Il pose la tasse sur ma table de nuit, entre ma lampe champignon et mon réveil rose poilu. Je l'observe, curieuse, alors qu'il se dirige vers mes pieds et un léger sourire de satisfaction s'étire sur mes lèvres quand il me retire mes baskets. J'en rêvais mais mon corps ne voulait plus m'écouter. Donc me baisser pour les retirer me semblait compliqué.

— Pourquoi il m'a fait courir autant ? C'est injuste, les autres sont partis bien plus tôt que moi ! je râle en écartant mes orteils endoloris.

— Ta question est sérieuse ?

Et la sienne ?!

Je fronce les sourcils, me préparant mentalement à ne pas apprécier sa réponse.

— J'en déduis que oui, soupire-t-il. Tu es censée devenir un ange gardien et pour le moment, ton niveau physique est en dessous du néant.

— Merci, il y a des façons plus… magnanimes de dire les choses, vous savez !

— Avoir un sale un caractère ne te sauvera pas face à des démons ! Par contre, savoir te servir de tes petites jambes pour autre chose que donner des coups de pied aux fesses à Tristan, oui !

— Je n'ai absolument pas un sale caractère ! je m'offusque.

— À vrai dire, de ton vivant non, mais il faut croire que tu te réservais pour moi ! s'énerve-t-il.

— Je… je…

Je ne sais pas quoi répondre ! Il est vrai que depuis ma mort, j'ai fait certaines choses que je n'aurais jamais osé faire jusque-là.

Mais, vu que j'ai maintenant un sale caractère, je ne lui avouerai pas ! me dis-je en croisant les bras sur ma poitrine.

— Il me semble t'avoir expressément demandé de ne pas te faire remarquer, mais comme toujours, tu n'en as fait qu'à ta tête, me reproche-t-il.

Je décroise les bras et regarde mes doigts s'agiter sur mon tee-shirt avec beaucoup d'attention.

— C'est lui qui a commencé, je chouine comme une enfant prise sur le fait accompli.

— Je crois qu'il y a une expression humaine pour ça ? « Laisser couler », non ?

— Il est… Vous ne savez pas, il a essayé de me tuer dans le brouillard, et il m'appelle *renata* et…

— Premièrement, il aura beau essayer, il ne pourra pas te tuer. Deuxièmement, TU ES UNE *RENATA* ! finit-il en haussant fortement la voix.

— Eh bien, moi, je ne sais pas ce que c'est une *renata*, mais ça ne semble pas être un compliment ! je crie, énervée.

— Une *renata* est une âme vierge, m'explique-t-il.

Nom d'une biquette sauvage ! Tout le monde sait que je suis vierge ?! Et en plus, ils s'en servent pour se moquer de moi !

Je me sens rougir, blanchir, je crois même devenir verdâtre comme l'eau dans la tasse à un moment. Je n'ose même pas regarder La Mort tellement je suis gênée !

— Tu sais évidemment qu'une âme vierge signifie que tu n'as subi aucune réincarnation ? m'interroge-t-il en se retenant visiblement de rire devant mon malaise.

Je me mords la lèvre et tente de prendre un air normal.

— Évidemment, je sors en masquant du mieux que je peux mon embarras.

J'enlève une poussière imaginaire de mon ventre pour me donner contenance.

— Évidemment ! répète-t-il en secouant la tête avec un léger sourire moqueur.

Je me tasse dans mon oreiller et contemple le plafond en silence avant de tenter de changer de sujet.

— Je ne comprends pas pourquoi Tristan se sert de ce terme pour se moquer de moi, si cela ne veut pas dire grand-chose, je murmure.

— En réalité, les *renata* sont beaucoup moins puissants que les anges de naissance comme lui.

— Il est né ange ?

— Oui.

— Je ne pensais pas que les anges pouvaient avoir des enfants.

— Si, et Tristan est issu d'une longue lignée de guerriers. Sa famille ne connaît pas l'échec, donc lui ne doit pas le connaître non plus.

— Oh la pression ! je lâche en comprenant en partie sa méchanceté à mon égard.

En partie, car rien n'explique la cruauté envers les autres.

— J'imagine que Chamuel a dû entraîner rudement son fils, donc je ne m'en fais pas non plus pour lui, ajoute-t-il.

— Chamuel est son père ! je m'exclame.

Je comprends mieux pourquoi son visage me disait quelque chose, sa fouine de fils lui ressemble. Donc son père est aussi son maître…

Je prends une seconde pour digérer la nouvelle et ne sais pas trop quoi en penser. *Les anges peuvent avoir des enfants et Tristan est le fils de mon instructeur sadique qui est également son maître…*

— À quoi tu pensais quand tu t'es arrêtée de courir tout à l'heure dans l'arène ? me demande-t-il tout à coup.

— Que j'étais déjà morte et que si je devais mourir encore, je tomberais peut-être dans un meilleur endroit, je lui dis, les yeux toujours perdus dans la contemplation du plafond.

Silence.

— Tu devrais boire ta tisane, sinon tu ne pourras pas remarcher avant un très long moment et je ne compte pas te porter partout, finit-il avant de partir sans un mot de plus.

Je me redresse avec une grimace et regarde la porte de ma chambre close. Parfois, je n'arrive pas à le comprendre. Il est aussi énigmatique que beau !

Un instant nous avons une conversation agréable, et l'instant d'après, je ne sais pas pourquoi, il devient bougon et s'en va sans raison tout en me donnant des ordres.

C'est peut-être sa manière à lui d'asseoir son autorité ? Ou bien, il est juste lunatique ?

Je repose brusquement ma tête et soupire pour me donner le courage de boire sa fameuse tisane. Il a raison, je ne vais pas pouvoir marcher avant un moment et je me vois mal lui demander de me porter pour prendre ma douche. Donc, autant essayer son machin qui pue ! Je me redresse, me mords les lèvres, saisis la tasse, grimace et bois le contenu cul sec. Un voile noir vient se poser devant mes yeux. Ma tête se met à tourner. Ma respiration se bloque. Mes muscles se tétanisent, puis se mettent à s'agiter spasmodiquement.

— Bordel ! s'écrie La Mort en se ruant vers moi.

Mon esprit est là mais mon corps ne me répond plus. Je sens ma bave couler le long de ma joue. La Mort me tourne, jure.

Mon esprit se vide. *Enfin, tout devient calme…*

— Betty… reviens… je suis désolé… pitié, Betty…

Une plainte, comme un murmure, me berce. Je suis bien, là, en sécurité. Je ne veux pas bouger de là, je veux juste oublier, *tout oublier…*

— Je ne te laisserai pas partir ! s'écrie une voix.

Mais c'est trop tard, je pars déjà.

On me secoue tout à coup, j'ai envie de hurler qu'on me laisse tranquille, mais aucun son ne veut plus sortir. Je tente de bouger, mais là non plus rien ne se passe. Je suis obligée de subir. *Pourquoi on s'acharne comme ça sur moi ? Pourquoi je ne peux pas juste partir ? Pourquoi… ?*

Ma respiration se coupe, c'est violent, le froid me submerge, mon cœur se met à cogner brusquement dans ma poitrine, le sang dans mes veines afflue rapidement. Je ressens chaque parcelle de mon corps, de la pointe de mes cheveux au bout de mes orteils. Chaque cellule de mon corps souffre. Je suffoque, je me mets à battre des bras et des jambes, mais quelque chose me retient. J'ouvre les yeux et ne vois que la nuit. Il me faut quelques instants pour comprendre que je suis allongée dans de l'eau, qu'il fait nuit et que ce qui me retient, c'est La Mort. Mon dos repose contre son torse et il me maintient fermement contre lui.

— Qu'est-ce… que… ? je bégaie, encore à bout de souffle et courbaturée.

— Je suis désolé, souffle-t-il avec un accent étrange dans la voix, en resserrant son étreinte.

— Désolé ? je répète, ne comprenant rien de ce qui vient de se passer.

J'étais dans mon lit après avoir couru et j'ai bu la tisane…

— Je ne savais pas que… Bon sang, je n'y comprends rien ! s'exclame-t-il, visiblement encore sous le choc.

Je me rends compte tout à coup à quel point son souffle est rapide. Mon dos saute presque à chacune de ses respirations.

Il a eu peur… pour moi ?

Malgré mon épuisement, je souris légèrement à cette idée. Je ne pense pas que quelqu'un se soit déjà inquiété pour moi. Je cale un peu plus ma tête au creux de son épaule et ferme les yeux en soupirant.

Je sais que je ne devrais pas tant aimer ça, être dans ses bras, mais c'est plus fort que moi. Aucun homme ne m'avait jamais serrée contre lui.

— J'ai fait une allergie ! je sors en me rappelant qu'il m'était arrivé la même chose il y a quelques années après avoir mangé une salade vegan à base de plantes étranges.

— Tu es morte, tu ne peux pas avoir d'allergies, dit-il tout bas au creux de mon oreille.

Son souffle dans mon cou. Je me mords la lèvre et ordonne à mon cœur de se calmer.

— Ben, il faut croire que si !

— Je ne comprends pas, murmure-t-il toujours dans mon cou.

— Je suis une anomalie, je souffle tristement, comme pour rappeler à mon cœur de ne pas s'emballer.

Il ne dit rien et son silence me peine, car c'est comme une confirmation de ce que je viens de dire.

Betty, arrête de prendre tes rêves pour la réalité… Pourquoi un homme tel que lui s'intéresserait à toi ?

Je combats l'envie de lui demander pourquoi il m'a ramenée et me souviens de ce qu'il m'a dit à propos de la menace de l'affreux Tristan. Je ne peux pas mourir à nouveau.

— Si je ne peux pas mourir, que se serait-il passé si vous n'aviez pas réussi à me ramener ?

— Je n'ai pas dit que tu ne pouvais pas mourir à nouveau, j'ai simplement dit que Tristan ne pouvait pas te tuer, dit-il en me lâchant brusquement.

J'ai froid tout à coup. *Je me sentais si bien dans ses bras...*

Maintenant, je me rends compte à quel point mon corps est douloureux. Je jette un coup d'œil alentour et constate que je suis assise tout habillée dans la rivière qui borde le village.

— C'est moi qui ai préparé la tisane, dit-il tout doucement en se levant, comme s'il se parlait à lui-même.

— Et ? Vous, vous pouvez me tuer ?

Il ne répond pas, passe un bras sous mes genoux, l'autre dans mon dos et me soulève comme si je ne pesais pas plus qu'une plume. Ce qui, compte tenu de mon gabarit, donne une sacrée idée de sa force !

On ne dirait pas, comme ça, me dis-je en reposant mollement ma tête contre son torse dur comme du granit.

— Rentrons avant que l'on nous voie, me glisse-t-il en marchant d'un bon pas vers la chaumière.

Je suis surprise qu'il ne nous téléporte pas, mais n'en fais pas mention.

Je regarde autour de moi et sors :

— Quand on imagine le Paradis, on ne pense pas forcément tomber dans un décor de *Blanche-Neige et les sept nains* !

Il se met à rire et m'explique :

— Chaque Dieu a sa propre définition du Paradis. Lorsque certains sont élus, ils en changent complètement l'apparence. Pour celui que nous avons actuellement, il semblerait que Blanche-Neige lui ait fait grande impression !

Sa remarque me fait rire, mais le reste de son explication me surprend.

— Dieu est élu ? Comme un président ?

— Oui, et c'est bientôt les élections. D'ailleurs, les récents événements ne jouent pas franchement en sa faveur, finit-il, perdu dans ses réflexions.

— Quels événements ? La disparition de Tania ? Il y en a eu d'autres ? On a eu des nouvelles ? Elle va bien ?

— Je suis ravi de voir que ton allergie n'a pas altéré ta langue bien pendue ni ta curiosité !

— Et moi, je suis ravie de voir que mon allergie n'a pas altéré votre mauvaise humeur !

— Ni ton sale caractère !

— Pourquoi vous ne répondez jamais à mes questions ?

— Je réponds à beaucoup de tes questions.

— Pourquoi vous ne vous habillez pas comme les autres ?

— Parce que je trouve qu'Armani me sied mieux que la toge et que le noir me donne un air dangereux !

Sa remarque me fait pouffer, et je valide, Armani lui sied à merveille et le noir lui va à tomber !

Un peu trop peut-être, me dis-je en rougissant.

Nous arrivons enfin à notre chaumière et je me demande ce que, moi, je choisirais comme décor…

— Dois-je m'inquiéter de ne plus t'entendre ? me demande-t-il en prenant la direction de ma chambre.

— J'étais en train d'imaginer à quoi ressemblerait mon Paradis.

— Je ne te savais pas ambitieuse, dit-il, surpris.

Je mets une seconde avant de comprendre où il veut en venir.

— Je ne veux pas devenir Dieu, simplement refaire la décoration ! Je n'ai rien contre les chaumières, mais ça ne fait pas très paradisiaque, j'explique alors qu'il m'installe sur mon lit.

— Alors, à quoi ressemblerait ton Paradis ? m'interroge-t-il en allant chercher une serviette dans ma salle de bains avant de s'asseoir à côté de moi sur le lit.

Je lui trouve soudain les traits tirés, mais ne fais aucune remarque, ça ne se fait pas de dire aux gens qu'ils ont une sale tête, même si c'est la vérité ! Je me contente donc de répondre à sa question alors qu'il m'enroule maladroitement dans la serviette :

— Une plage avec des cabanons sur l'eau, comme dans les catalogues d'agences de voyages.

Ou quelque chose comme la chocolaterie de Willy Wonka !

— Je ne sais pas à quoi ressemble cette chocolaterie, mais je ne pense pas que des maisons en bonbons ce soit très… hygiénique.

— Il y a des rivières en chocolat, j'ajoute, soudain rêveuse.

Il m'observe en silence et à ce moment-là, je donnerais tout pour savoir à quoi il pense.

Il me trouve peut-être déjà assez grosse comme ça et se dit qu'heureusement il n'y a pas de rivière en chocolat au Paradis, sinon je courrais encore moins vite.

Je préfère m'imaginer qu'il me trouve belle à la clarté de ma lampe champignon et qu'il ne serait pas contre une rivière en chocolat lui aussi !

— Et vous ? je demande.

— Je ne pense pas que ce soit le décor qui fasse que le Paradis est ce qu'il est.

— Dois-je en conclure que vous aimez le style Blanche-Neige ? je dis avant de pouffer.

— Je crois que je suis ange de la Mort depuis trop longtemps pour pouvoir ressentir encore ce genre d'émotions, dit-il doucement avec ce qui semble être de la tristesse.

Je ne suis pas certaine qu'il parle encore de la décoration…

Cet aveu a un goût amer et sonne comme un avertissement que je ne devrais pas me faire d'illusions. Je me sens rougir et me demande tout à coup s'il a remarqué que j'en pinçais un peu pour lui.

— C'est bien, tu reprends des couleurs, dit-il en attrapant mon pied droit et m'enlevant ma chaussette mouillée.

Super, je me mets à rougir encore plus !

Il pose doucement mon pied et s'attaque à l'autre, puis se relève et se dirige dangereusement vers la fermeture Éclair de mon jean.

— Mais qu'est-ce que vous faites ?! je lui demande alors qu'il a déjà les doigts sur le bouton.

— Tu es trempée et gelée, dit-il en le défaisant.

Bon sang, ses doigts chauds qui frôlent la peau de mon ventre gelé, c'est très… Mon bas-ventre se contracte, une vague de chaleur me submerge.

Betty, calme-toi !

— Merci, mais… je peux le faire toute seule ! je lance, gênée et à bout de souffle alors que je n'ai pas bougé d'un poil.

Aucun homme ne l'a jamais fait et cela n'a pas vraiment la même signification pour lui que pour moi. Je suis certaine qu'il a déjà vu, déshabillé, embrassé et bien plus, beaucoup de femmes avant moi. Sauf que moi, je n'ai connu aucun homme.

— Vraiment ? me demande-t-il, me coupant dans mes pensées.

— Euh… oui ! je m'écrie, les joues en feu en plongeant mes yeux marron dans un océan métallique.

— OK, lâche-t-il en levant les bras en signe de reddition. Bouge les bras, ajoute-t-il avec un léger sourire victorieux qui ne m'inspire rien de bon.

Je fronce les sourcils en tentant de bouger n'importe quelle partie de mon corps et dois me rendre à l'évidence…

Je n'y arrive pas !

Je suis une poupée de chiffon. Plus aucun de mes muscles ne semble fonctionner.

— Je vais attendre un peu, je finis par dire.

Ça va passer, j'en suis sûre !

— Tu es gelée, énonce-t-il, pas des masses convaincu.

— J'ai pas si froid que ça, je mens en me retenant de claquer des dents.

Ce n'est pas complètement faux, ses doigts qui se sont agités sur mon ventre m'ont réchauffée à un endroit plutôt intime.

— Oui, tes lèvres bleues en sont la preuve incontestable, d'ailleurs !

— Vous devez avoir froid, vous aussi. Pourquoi ne pas aller vous changer ? j'essaie pour détourner son attention.

— Je me suis dit que tu trouverais cela gênant que l'on soit tous les deux nus sous la douche. Mais si cela peut te rassurer…, dit-il en se levant.

Je le regarde les yeux écarquillés alors qu'il retire sa veste, détache sa chemise et…

Biiiiiip !

Heure du décès du cerveau de Betty par choc visuel trop intense, 23 h 45.

Mes yeux ne savent pas où se poser, son torse, ses épaules, son tatouage sur les pectoraux, le V que forment ses abdos en bas de son ventre…

Il retire ses chaussures, ses chaussettes et je décède une nouvelle fois lorsqu'il s'attaque à la ceinture de son pantalon.

Il va se mettre tout nuuu ! je m'écrie mentalement entre frénésie et inquiétude, mais avec beaucoup beaucoup d'attention.

— Je voulais dire… dans votre chambre, seul, sans moi, sans… moi, je finis à bout de souffle et la bouche pâteuse.

Il s'arrête, me scrute un sourcil relevé et me dit doucement :

— Je sais que tu as du mal avec la nudité, Betty, mais je ne peux pas te laisser comme ça. Donc c'est à toi de me dire ce qui te gêne le moins, mais dans tous les cas tu dois prendre une douche chaude.

— Je… je n'ai pas si froid que ça, et peut-être qu'avec une couverture ça ira mieux !

— Tu sais pourquoi tu ne peux pas bouger ?

— Parce que j'ai couru plus en une journée que durant toute ma vie et que j'ai fait une allergie.

— Tu n'as pas fait…

Il s'interrompt et soupire comme s'il tentait de garder son calme avant de reprendre :

— Ce n'était pas une allergie. Cette plante tue les démons et je ne sais pas pourquoi, mais elle t'a affectée aussi. Tu ne peux pas bouger, parce que ton organisme n'arrive pas à l'éliminer, et tu as froid parce qu'elle continue de te tuer de l'intérieur.

— Je me sens mieux, et je ne suis pas un démon, je tente.

Décidément, c'est la deuxième fois qu'on me prend pour l'un d'eux. Il faudrait quand même que je me renseigne pour savoir à quoi ils ressemblent.

— Je n'ai pas dit que tu étais un démon.

— Je pourrais y aller habillée ?

— Je me suis dit qu'être dans ta chambre avec tes repères t'aiderait, mais de toute évidence ça n'a aucun effet ! lance-t-il avant de m'attraper à nouveau.

— Qu'est-ce que… ?! je m'écrie dans ses bras alors qu'il prend la direction de sa chambre.

— Étant donné que quoi que je fasse tu es gênée, je t'amène dans ma salle de bains, puisqu'il y a une baignoire !

— Mais c'est injuste !

— Qu'est-ce qui est injuste ? C'est juste un bain pour éliminer le poison de ton organisme ! lance-t-il en entrant dans sa chambre et continuant jusqu'à sa salle de bains.

— C'est juste que... que je suis pudique ! je crie quand il allume la lumière et me pose au sol, le dos contre la baignoire.

— Betty, si ça peut te rassurer, tu n'as rien que je n'aie déjà vu auparavant, dit-il en allumant l'eau.

Ça, je m'en serais doutée !

— Oui, mais moi on ne m'a jamais vue... Je veux dire... que...

Ma respiration s'accélère et je finis par murmurer :

— Je voulais que ça compte.

Il se fige et semble mesurer enfin ce qui me met mal à l'aise.

— Je suis désolé, mais je ne te laisserai pas mourir, et ta vie compte pour moi, Betty, souffle-t-il le regard rivé sur le robinet.

Je sens une larme couler sur ma joue et me dis que je suis ridicule. Ce qui me fait de la peine, c'est que j'aurais aimé que cela compte pour lui. Et pas juste être déshabillée à la va-vite parce que je ne supporte pas une saleté de plante !

— Même la végétation d'ici ne m'aime pas ! je râle.

Il s'accroupit devant moi et je ne vois plus que ses yeux bleus. Je pourrais laisser mon imagination me jouer des tours sur ce qui va suivre dans quelques minutes, mais je crois qu'il vaut mieux que je voie la vérité telle qu'elle est. Il va me déshabiller sans arrière-pensées pour que je puisse expulser le poison qui me ronge de l'intérieur. Il ne ressent rien pour moi et ne ressentira jamais rien. Il l'a dit à plusieurs reprises, il n'éprouve plus aucun sentiment. Maintenant, je ne sais pas si c'est une manière détournée de me dire que je ne lui plais pas ou si c'est la vérité et qu'elle vaut quelle que soit la femme.

Finalement, le plus gênant n'est pas qu'il ne me désire pas et qu'il ne voie pas ça comme un acte sexuel ou les prémices d'un acte sexuel, mais que moi, je le désire, lui et ses mains qui s'activent à défaire mes vêtements. Je me sens rougir à cette idée.

Il passe avec douceur une main dans mes cheveux avant de m'attraper en silence pour me soulever. Je retiens mon souffle à l'idée de l'instant où il va retirer ce qu'il me reste de vêtements mais rien ne se passe de ce côté-là. Il entre encore à moitié vêtu, et moi, juste pieds nus dans la baignoire. Il s'assoit avec moi toujours dans ses bras et une vive douleur parcourt mon corps lorsque je me retrouve plongée dans l'eau chaude.

Bon sang, c'est un supplice !

Un gémissement m'échappe. C'est à peine si je remarque La Mort qui s'affaire à me retirer mon pantalon tellement ma souffrance est à la limite du supportable.

— Ça fait trop mal ! je crie en pleurant.

— Betty, respire, c'est bientôt terminé ! me dit-il en me serrant dans ses bras comme s'il avait peur que je m'échappe.

Mes jambes maintenant nues sont prises de convulsions et je me mets à hurler quand une vive douleur me secoue.

Puis, plus rien. Je ne ressens plus rien. Mon corps semble s'être endormi. Je ferme les yeux et profite de ce calme bienvenu.

11

La Mort est culottée

Ma respiration s'accélère quand mes mains passent sous le tee-shirt de Betty, caressant au passage sa douce peau nue. Je ferme les yeux un instant et tente de comprendre l'étrange phénomène qui m'assaille. Mon corps est tendu et mon esprit ne veut qu'une chose, découvrir chaque centimètre carré de la peau nue de cette jeune femme. Je lui retire enfin le morceau de tissu souillé par le poison. Son dos rebondit sur mon torse et la vision de ses seins encore enfermés dans son soutien-gorge me tire un grognement. Je me sens dépassé par l'indécence des sentiments que je ressens. Je tente de me reprendre mais la maintenir contre moi à moitié nue met mes nerfs à rude épreuve.

Je me fige lorsque je sens mon sexe grossir entre mes jambes.

C'est impossible…

Je suis un ange, et pas n'importe lequel ! Un originel !

Je ne peux pas ressentir de désir... Je ne peux pas...

Le corps de Betty se contracte et elle se met à hurler. Je reviens immédiatement à l'instant présent et à la raison de notre présence dans la baignoire. Je m'active et retire maintenant son soutien-gorge. Je décide de lui laisser sa culotte. Compte tenu de mes nouvelles réactions imprévisibles, il vaut mieux.

Je grimace lorsque je constate que l'eau devient vert foncé. Je retire le bouchon, prends Betty dans mes bras et lui murmure :

— Je vais te rincer et nous prendrons un nouveau bain.

Je ne pense pas qu'elle m'entende, mais je tiens tout de même à lui expliquer ce qui se passe, car dans le cas inverse cela la rassurera.

Je sors de la baignoire en la portant à bout de bras. J'entre avec elle dans la cabine de douche, allume l'eau et positionne maintenant Betty debout face à moi. Ses seins s'écrasent contre mon torse et ma respiration s'accélère à nouveau. Je nous positionne sous le jet et profite de la sensation de son corps contre le mien. Mon sexe grossit à nouveau, mais je ne bouge pas cette fois-ci. Je plonge mon nez dans ses cheveux et lui souffle :

— Si je te perds, je ne m'en remettrai pas. Je t'en supplie, Betty, ne me laisse plus jamais.

Je sursaute quand sa tête bascule mollement en arrière et qu'elle dit avec une voix caverneuse :

— Soif…

— Tout à l'heure ; pour le moment, on va prendre un nouveau bain, je lui réponds doucement en remettant sa tête contre moi.

Je ferme l'eau de la douche et la couche dans la baignoire vide. Je la remplis à nouveau et prends soin de ne pas trop regarder son corps nu. Elle n'apprécierait pas et celui-ci a un effet des plus étranges sur moi, je préfère donc éviter.

Je regrette déjà de ne plus la sentir contre moi, me dis-je en m'accroupissant à côté d'elle pour lui caresser les cheveux.

Ma tête… J'ai tellement mal…

C'est horrible. J'ai l'impression que quelqu'un est en train de percer des trous dans mon crâne avec un tir bouchon !

Les yeux encore fermés, l'esprit embrumé, je me passe les mains sur le visage. Je me sens perdue. Je ne saurais dire si je me sens bien ou pas. Je me sens apaisée, mais aussi affreusement mal. Un râle s'échappe de ma gorge en feu quand je sens la main de La Mort se perdre dans mes cheveux et les caresser avec douceur.

Comment… ? Que s'est-il passé ? je me demande en tentant de remettre mes synapses endolories en route.

Ma mémoire repart de façon chaotique.

La formation…

J'ai couru, tellement couru. Je ne pouvais plus marcher, je me suis écroulée de fatigue. La Mort m'a portée jusqu'à notre chaumière et…

La tisane !

Rien que d'y repenser, ma bouche est submergée à nouveau par l'atroce décoction verdâtre au goût aigre. Le reste me revient par bribes : ma réaction allergique impressionnante, le moment où je me suis réveillée dans la rivière dans les bras de La Mort, mon retour dans ma chambre et… J'ouvre grand les yeux quand je me rappelle la suite des événements. J'étais dans la baignoire, il devait me dévêtir pour cette foutue histoire d'allergie ! Soudain paniquée, je passe une main sur ma poitrine et constate que je ne suis couverte que d'un drap. Au bord de la crise de nerfs, je descends mes mains et sens ma culotte.

Il l'a fait ! Il m'a déshabillée. Il m'a vue nue.

Mon cœur bat à une vitesse folle. Ma tête me fait souffrir et je ne peux m'empêcher de me répéter qu'il m'a vue toute nue !

— Betty, arrête de te tortiller et repose-toi, me dit La Mort derrière moi.

— Je… je…, je bégaie.

Ma douleur et ma gêne me submergent à tel point que je n'arrive plus à formuler une phrase cohérente.

Je me fige lorsque je sens son autre main sous le drap, posée sur mon ventre, en train de tracer de petits cercles sur ma peau nue. J'oscille entre un sentiment d'apaisement et un tiraillement abominable dans mon cerveau. Tout se mélange, la sensation de sa main chaude dans mes cheveux, la douceur de sa caresse, la rudesse de ma douleur.

— Je… je…, je retente mais n'arrive toujours pas à prononcer un mot.

— Betty, respire, me murmure-t-il avant de glisser sa main entre mes seins pour la poser sur mon thorax.

Il presse sa paume avec douceur et fermeté et l'espace d'un instant je me sens mieux, avant de prendre réellement conscience qu'il a sa main entre mes seins ! Aucun homme ne m'a jamais touchée là, ni ne m'a déjà tenue comme ça.

Je suis dans son lit, ses bras sont autour de moi. Mon dos est contre son torse dur comme du roc, son souffle parcourt mon cou à chacune de ses respirations et la chaleur de son corps m'enveloppe, tout comme son odeur.

Trop de sensations me submergent et ma tête est beaucoup trop embrouillée pour que j'arrive à faire le point sur ce que je ressens. Pourtant, je suis sûre d'une chose, je ne veux pas qu'il me lâche. Je veux rester éternellement dans ses bras.

D'ailleurs, je crois que c'est là, le Paradis.

— Tu continues de te tortiller, Betty. Il faut que tu te reposes encore. Je sais que tu as soif, mais je te l'ai dit, je ne peux rien te donner avant quelques heures, me souffle-t-il, visiblement peiné.

Je ne me rappelle pas lui avoir demandé quoi que ce soit. Ni ce qu'il s'est passé dans cette fichue baignoire ! Je me concentre, mais non, ça ne me revient pas, à mon plus grand désespoir. Je me prends à imaginer la scène et elle a étrangement des allures de romances érotiques que j'affectionne tant.

Il m'aurait déshabillée avec tendresse et sensualité. Son regard cobalt aurait été fiévreux…

Il redescend sa main et la pose sur mon ventre, à la limite de ma culotte.

Bon sang, est-ce qu'il se rend compte de l'effet qu'ont ses gestes sur moi ?

Je me sens toute chose et ce n'est pas dû à la douleur lancinante dans mon crâne !

— Betty, ton rythme cardiaque s'accélère. Je sais que tu dois souffrir et que ta soif te gêne, mais tu dois essayer de te calmer, susurre-t-il dans mon cou avant de tracer à nouveau des lignes imaginaires sur mon ventre.

C'est pas comme ça que mon rythme cardiaque va se calmer!

Et je ne suis pas sûre que l'on fasse référence au même type de soif, non plus... Je ferme les yeux et me laisse porter par ses caresses. Mon bas-ventre se contracte et je rêve que sa main descende un peu plus bas, parcoure mon intimité jusque-là inexplorée. Sa main s'immobilise et alors que je m'apprête presque à lui crier de ne pas arrêter, il se redresse brusquement. Il pose ses mains de chaque côté de ma tête et me surplombe. J'aperçois son visage grâce aux rayons de la lune qui filtrent à travers les lourds rideaux sombres de sa fenêtre. Sa mâchoire est crispée et ses yeux bleus semblent noirs à cause de la faible luminosité. Mon corps se couvre de frissons. Je ne sais pas comment interpréter cette situation. Je manque cruellement d'expérience avec le sexe opposé, mais je crois qu'il...

... me désire?

À moins que ce ne soit le reflet de mon désir que j'aperçois dans son regard?

Il ne bouge pas. Sa respiration est rapide et ses yeux ne quittent pas les miens. Il a beau être au-dessus de moi, son corps ne touche pas le mien. Il suffirait d'un rien pour que ce soit le cas, mais il n'y a que notre chaleur qui se mélange entre nous.

— Qui es-tu ? me demande-t-il avec une voix basse et éraillée qui me donne encore plus de frissons.

Il est près, tellement près...

Ses lèvres ne sont qu'à quelques centimètres des miennes.

Dans mes rêves il m'embrasserait avec douceur...

— Je... j'ai...

Embrasse-moi...

Comme s'il lisait dans mes pensées, ses yeux descendent sur mes lèvres et il se perd dans leur contemplation un instant. Quand il les relève, il semble complètement perdu, presque désemparé. J'ai chaud tout à coup. Je lève ma main droite et la pose, hésitante, sur sa joue. Sa mâchoire tressaute mais il ne bouge pas. Sa peau est tellement chaude. Je ne m'étais pas rendu compte que c'était le cas jusque-là.

Embrasse-moi...

— Je ne comprends pas, souffle-t-il.

Sa pomme d'Adam monte et descend rapidement alors que je me mets à caresser sa joue. Mon cœur bat tellement fort que s'il continue comme ça, il va sortir de ma poitrine.

— Tu es une énigme, murmure-t-il. J'aimerais tant savoir ce que tu souhaites, ce que tu penses, ce que tu ressens, mais il n'y a rien. Je ne vois rien et je...

Il ne finit pas sa phrase, ferme les yeux et cale son visage au creux de ma main. J'avale difficilement ma salive. Il ne bouge pas, ne me touche pas et pourtant je suis à bout de souffle.

Je te veux, toi…, dis-je sans oser prononcer les mots à haute voix.

Il rouvre les yeux, saisit rapidement ma main et la pose à côté de ma tête. Ses doigts se faufilent entre les miens et sa main enserre la mienne.

Ma tête est au bord de l'explosion mais ce n'est rien à côté des pulsations qui contractent de plus en plus mon bas-ventre.

Je n'avais jamais ressenti quelque chose de pareil…

J'en veux plus. Spontanément, j'écarte les cuisses et il s'allonge enfin sur moi. J'ai le souffle coupé lorsque je sens la réponse à la question que je me pose, contre mon ventre. « Colossal » est le mot qui me vient à l'esprit pour parler de son érection.

Mon regard plonge à nouveau dans le sien et la réalité me frappe de plein fouet. Il me désire, mais semble presque en souffrir.

Est-ce qu'il en a honte ?

Il est sans doute habitué à des femmes au physique bien plus avantageux que le mien.

Cette pensée m'attriste tout à coup. Je ne veux pas être juste un coup de plus, pour passer le temps, et l'intéresser uniquement parce que je suis déjà nue et dans son lit.

— Betty, je ne sais pas ce que tu fais, mais tu dois arrêter tout de suite, dit-il, les muscles bandés.

— Je… je…, je grimace.

Je n'arrive toujours pas à parler !

Je me concentre et recommence plus doucement.

— Je… ne… comp-rends… p-as, j'articule enfin.

Non, je ne comprends pas où il veut en venir. Je ne lui ai rien fait. Je ne le touche même pas. C'est lui qui s'est couché sur moi, qui maintient ma main dans la sienne et qui a son visage à quelques centimètres du mien. Moi, je ne fais que souhaiter que cela ne soit pas qu'un rêve, ou que si c'est le cas, je ne me réveille pas.

— Je n'arrive pas à te lâcher, souffle-t-il, la mâchoire crispée comme s'il souffrait le martyre. Je te désire à m'en rendre fou. Je ne sais pas ce que tu me fais, mais tu dois arrêter ça immédiatement.

Il croit que je le force à me désirer !

C'est la chose la plus cruelle que l'on ne m'ait jamais dite.

Pendant un instant, j'ai cru qu'il avait envie de moi comme un homme désire une femme. Mais non, il pense que je lui ai joué un tour ou je ne sais quoi. Une boule se forme dans ma gorge et je combats mon envie de pleurer. Je ne verserai aucune larme devant lui malgré mon cœur qui vient d'exploser en mille morceaux. Je finis par dégager ma main et le pousser avec le peu de force qu'il me reste. Mais il ne bouge pas d'un millimètre.

— Une seconde, me murmure-t-il avant de poser son front contre le mien et de glisser ses doigts dans mes cheveux.

— Je… veux… que… tu…, je n'arrive pas à terminer ma phrase et le pousse de toutes mes forces tout en me tortillant pour me dégager.

Ne pleure pas, Betty ! Ne pleure pas !

Il finit par rouler sur le côté. Il ferme les yeux et passe ses mains sur son visage. Pour ma part, à bout de force et à moitié nue, je me redresse et commence à sortir du lit. Ma tête tourne, mes jambes flageolent, mais je ne veux pas rester ici, avec lui. Je suis morte de honte et je m'en veux terriblement d'avoir cru ne serait-ce qu'une seconde que je pouvais lui plaire au point qu'il veuille coucher avec moi.

Je suis moche, répugnante…

Je devrais pourtant le savoir ! Puisque l'on n'arrête pas de me le répéter à demi-mot depuis que je suis ici. Au moins, sur Terre, les gens avaient plus de retenue et ne mentionnaient pas mon physique en ma présence.

— Betty, qu'est-ce que tu fais ?! me demande-t-il alors que j'avance difficilement en me tenant au mur.

Je veux couvrir mon corps, me cacher, que plus personne ne me voie jamais.

Je veux juste disparaître…

Il jure, bondit du lit et tente de passer un bras autour de moi, mais même à l'article de la mort, je ne laisserai plus jamais ni lui ni personne me toucher. Je le pousse et continue d'avancer en cherchant désespérément de quoi me couvrir.

— Betty, ça suffit maintenant. Je suis désolé de… pour tout ça, termine-t-il en essayant à nouveau de m'attraper.

— NE ME TOUCHE PAS ! je hurle à bout de souffle en le poussant à nouveau.

Je ferme les yeux, essaie de me concentrer pour ne pas m'évanouir et reprends mon chemin sans prêter attention à La Mort qui m'observe, bras ballants, en caleçon.

Je veux juste disparaître…, je me répète en ravalant tant bien que mal ma fierté et mes larmes.

Il fait un nouveau pas vers moi, puis se ravise. Il semble hésiter une seconde et quitte la chambre comme s'il avait le feu aux fesses.

Pourquoi m'a-t-il choisie comme apprentie ? Il cherchait une personne à torturer ? Il en avait marre de tuer des humains et voulait aussi un souffre-douleur ? Quel genre d'être cruel faut-il être pour m'infliger tout ce que l'on m'a fait subir ?

Perdue dans mes pensées, je ne l'ai pas vu revenir dans cette saleté de chambre que j'ai tant de mal à quitter. Il est planté devant moi et me tend des vêtements en silence. Je le regarde, les regarde et les saisis brusquement. Je les plaque immédiatement contre ma poitrine nue et tente d'enlever ma main qui tient le mur pour m'habiller. Mais mes jambes menacent vraiment de s'écrouler, et je la repose instantanément. La Mort attrape le fauteuil en cuir et le met juste à côté de moi pour que je puisse m'asseoir. J'hésite, mais décide de le contourner et de reprendre mon chemin. Après tout, c'est lui qui est gêné par la vision de mon corps et non l'inverse. Et je préfère sortir de cette chambre plutôt que de perdre de l'énergie à me couvrir.

Quand j'arrive enfin à la porte, je suis vraiment exténuée. Cette pièce ne m'avait jamais semblé aussi grande. Et le long couloir qui m'attend n'est pas fait pour me rassurer.

Je ne suis pas certaine d'y arriver sans m'évanouir, me dis-je en calant mon dos contre le mur pour me reposer un peu.

Ma tête…

La douleur devient insoutenable. Je ferme les yeux et me laisse glisser au sol. La Mort m'attrape et me soulève dans ses bras. Je tente de le pousser mais mes bras sont tous mous et sans force.

— Je te promets que je vais m'améliorer, Betty. Je ne sais pas ce qu'il s'est passé tout à l'heure, mais je te fais la promesse que je vais tout arranger, me dit-il en me couchant sur mon lit en moins de deux.

— Je… te… déteste…, j'articule en le regardant les larmes aux yeux.

— Je sais, me répond-il en me couvrant avec un drap.

Je me tourne sur le côté et m'endors, le sommeil lourd de douleur et de tristesse.

Elle me déteste…, je me répète en la regardant se coucher difficilement sur le côté.

J'avance ma main pour lui caresser les cheveux et me ravise. Ma mâchoire se contracte et je remonte simplement le drap jusqu'à ses épaules. Je l'observe un instant et combats mon envie d'aller m'allonger à côté d'elle et de la prendre dans mes bras. Je serre mes poings comme pour être sûr que mes mains resteront bien là où elles doivent être, et me répète, tel un mantra, les informations que j'ai réussi à glaner sur elle depuis son décès.

Elle n'aime pas être nue.

Elle n'aime pas faire de l'exercice.

Elle aime les êtres humains et les objets colorés.

Elle ne digère pas le porridge, mais je ne sais pas si elle aime ça ou non. Elle n'a pas été très claire là-dessus.

Par contre, elle aime le chocolat et voudrait qu'il y en ait partout au Paradis.

Cette information me tire un léger sourire que je ravale rapidement.

Mais, bon sang, que m'arrive-t-il ?!

Je me passe les mains dans les cheveux et les tire légèrement, complètement perdu. Elle m'obsède. Être loin d'elle est une torture. Être à côté d'elle aussi. C'est comme si la toucher était devenu un besoin vital. Ce qui est ridicule, puisque je suis La Mort.

Et quand je pose mes mains sur elle, c'est pire, je me sens brûler de l'intérieur et je perds tout contrôle. Mon esprit est embrumé par des pensées qui n'ont pas lieu d'être. Je ne suis pas censé ressentir de sentiments. J'ai plusieurs millénaires et cela ne m'est jamais arrivé. Le concept même de sentiment m'est étranger.

Pourtant, depuis que j'ai croisé le chemin de Betty, je ressens de plus en plus cette constante douleur et ce besoin irrépressible de la protéger.

Mais qui est-elle ?

Elle me décime, me réduit petit à petit en une loque incapable de réfléchir ! Je me suis même demandé si elle n'avait pas été envoyée par les enfers pour assouvir l'un de leurs plans démoniaques, mais un regard sur elle m'a convaincu du contraire. J'ai également envisagé que ses anomalies soient dues à des réminiscences de son humanité, mais cela n'a aucun sens. Aucun *renata* ne peut affecter un ange, ni ne peut aller en Enfer et en revenir comme si de rien n'était.

Je me passe à nouveau les mains sur le visage avec la fâcheuse impression d'être complètement dépassé par ce petit bout de femme qui semble prendre un malin plaisir à me torturer.

Elle laisse échapper un râle dans son sommeil et je me recule spontanément, de peur qu'elle m'aperçoive. Je me tapis dans l'ombre pour continuer de l'observer en tentant de trouver des réponses. Mais mon esprit ne veut pas fonctionner comme je le souhaite, il ne fait que me répéter qu'elle me déteste.

Je suis La Mort, on n'est pas censé m'aimer ni m'apprécier, juste me craindre. Pourtant, avec elle c'est différent, comme toujours.

Je veux…

Je ne termine pas cette pensée. Je me l'interdis. Mon rôle est simple et doit le rester. Je suis le Passeur des âmes et le Maître du Temps. Je connais chaque âme, sais qui elle est et ce qu'elle désire. Je n'appartiens à aucun clan, je suis impartial.

Pourtant, elle me déteste et cela m'affecte. Je ne peux lui en vouloir, car je suis La Mort et elle, ma victime. Elle est mon opposé. Elle pleure les morts, et moi, je les emporte.

J'avise un fauteuil et le déplace dans l'ombre avec moi. Je m'y installe en silence. Je sais qu'elle ne souhaite pas ma présence auprès d'elle, mais je ne peux pas la laisser. Je n'y arrive pas.

Comment en suis-je arrivé là ? je me demande alors que ma respiration se coupe quand elle gémit de douleur durant son sommeil.

Je ne devais même pas prendre d'apprenti !

Et pourtant, quand je l'ai reconnue, ce fut plus fort que moi. Puis, quand j'ai appris que Métatron voulait la revendiquer, là c'est carrément devenu une évidence. Jamais je n'aurais pu la laisser dans les pattes d'un type pareil. Je secoue la tête en me disant que, finalement, je ne suis pas sûr d'avoir fait le bon choix.

Elle aurait certainement été plus en sécurité avec lui qu'avec moi. Ma gorge se serre et mon ventre se contracte encore de peur quand je repense que j'ai failli la tuer malgré moi.

Si un autre que moi avait préparé la tisane, elle aurait simplement été malade. Sauf que c'était moi, La Mort. Et cette erreur a failli lui coûter la vie. Je dois découvrir qui elle est, et comment mettre fin à ses étranges dons.

En attendant, je vais être plus prudent. Pour une raison que je ne m'explique pas, je ne peux pas la perdre.

Le drap glisse légèrement, dévoilant la courbe parfaite de son postérieur, et je me fige quand mon sexe durcit à nouveau. Mon rythme cardiaque accélère et je fais appel à toutes mes forces pour rester assis sur ce foutu fauteuil. Je tente de respirer du mieux que je peux et essaie de comprendre cet étrange phénomène. Je crois que c'est ça que les humains nomment « désir ». Pour moi, c'est une torture.

— Bon sang, je susurre en enfonçant mes ongles dans les accoudoirs du fauteuil pour tenter d'effacer les effets dévastateurs de ce nouveau sentiment.

Je suis un ange, c'est impossible. Je ne peux pas ressentir de désir, je ne peux pas...

Betty se tourne à ce moment dans son sommeil et se retrouve sur le dos, dévoilant pour mon plus grand désespoir sa magnifique poitrine. Je ne suis pas censé ressentir quoi que ce soit en voyant un corps dénudé, pourtant le sien, tout en formes et en rondeur, m'appelle.

Je ferme les yeux et essaie de faire taire les images qui ne veulent pas quitter mon esprit. Mais le désir est un sentiment excessivement puissant. Je me répète que seules les âmes unies peuvent le ressentir, mais c'est sans effet. Mon cerveau ne possède plus aucune logique et ne réclame plus que Betty et la chaleur de son corps.

Je me lève, prêt à la réveiller et à lui demander d'unir nos âmes pour que je puisse à nouveau réfléchir correctement, mais me ravise.

Elle me déteste…

Une volonté farouche d'inverser cette tendance me saisit. Comme une nouvelle obsession, l'idée germe dans mon esprit : faire en sorte que Betty voie en moi un compagnon idéal et qu'elle accepte d'unir son âme à la mienne.

En attendant, je dois apprendre à me contrôler et surtout faire en sorte que personne ne découvre les étranges dons de Betty avant que je n'aie réussi à y remédier. Car si les anges n'ont pas la capacité de ressentir du désir sans être unis, ce n'est pas le cas des démons…

J'avale difficilement ma salive et essaie de penser à autre chose qu'à Betty allongée sur son lit, la douceur de sa peau, l'odeur de ses cheveux, la sensation de mon corps contre le sien…

Je bondis de mon fauteuil et cours presque pour quitter la pièce en jurant.

Je dois reprendre le contrôle. Je dois trouver ce qui cloche, et rapidement. Je ne tiendrai pas longtemps comme ça, et la perspective de devoir me séparer de Betty m'est insupportable. C'est inenvisageable.

Je dois trouver une solution.

Mais, en attendant, je regagne sa chambre et me réinstalle dans l'obscurité afin de veiller sur elle. Elle est tirée d'affaire, mais encore bien trop faible. Je veux être là si elle en a besoin, même si c'est moi qui ne peux plus me passer de sa présence.

Elle est mon âme sœur.

Je le sais et bientôt elle aussi le saura…

12

Ça sent le soufre !

Je regarde autour de moi, désespérée. Ma chambre. Elle ressemble à celle que j'avais de mon vivant, mais il semble lui manquer quelque chose d'essentiel : une âme. Je ramasse les vêtements que je n'ai pas eu le courage d'enfiler cette nuit et me dis que même si elle était complètement identique, je ne m'y sentirais toujours pas chez moi. Je mets le débardeur noir et le pantalon de yoga assorti, et dois me faire à l'idée que je vais devoir encore passer un jour au Paradis… Voire l'éternité.

Peut-être que lorsque cette histoire de formation sera terminée, je me sentirai mieux, je me dis en tentant de me rassurer. Mais je n'y crois pas. Je ne serai jamais à mon aise, ici.

Je ceins mes jambes avec mes bras et repose ma tête sur mes genoux. Je me sens prise au piège de cet univers qui ne m'appartient pas. Tout le monde me l'a bien fait comprendre à moi, Betty, l'anomalie du Paradis.

Il faut que je trouve une solution. Je ne peux pas rester là à attendre de dépérir, ou de décéder empoisonnée par une tisane ou étouffée dans une mare de porridge ! Le problème, c'est que je ne sais pas vraiment comment m'y prendre.

Je crois que je vais devoir être patiente...

Après tout, ce n'est pas comme si je n'avais pas l'éternité devant moi !

Je soupire avant de me rendre compte que je ne souffre plus d'aucun effet de mon allergie, ou je ne sais quoi, à la tisane.

J'ai failli mourir...

Je n'aurais jamais cru que c'était possible, et d'ailleurs je n'ai toujours pas compris pourquoi ça l'était. Seul La Mort en a le pouvoir, je crois. Cette idée ne me rassure pas des masses ! Il est cruel en plus d'être autoritaire.

Ma gorge se serre et j'essuie les larmes qui perlent aux bords de mes yeux quand ce qui s'est passé dans son lit me revient.

Il a cru que je l'avais...

Je ne sais même pas ce qu'il a cru ! Et je ne veux pas le savoir. J'en ai tellement marre que l'on se moque de mon physique, que l'on me dénigre et que l'on me rappelle que je ne suis qu'une incapable et que je ne vaux rien !

Si c'est le cas, qu'est-ce que je fais là ?! Pourquoi Dieu m'a choisie comme ange ? De toute évidence le principe même qu'il ait fait une erreur n'effleure personne ! Il semble plus logique de me torturer et de me traiter d'anomalie que de tenter de régler ce problème.

On frappe à ma porte. Je me recouche rapidement et fais semblant de dormir encore. Je sais qui c'est et je ne suis pas prête à l'affronter. Je ne me suis jamais sentie aussi mal que la nuit dernière. Si jusque-là je n'avais pas saisi à quel point j'étais un laideron, je crois qu'il m'a bien remis les pendules à l'heure. Expression qui prend toute sa signification quand on connaît sa passion pour celles-ci !

— Betty, je sais que tu ne dors pas, dit-il en entrant.

Je ne réponds pas, garde les yeux fermés et ne bouge pas.

— Je t'ai apporté ton petit déjeuner, continue-t-il.

Qu'il se le fourre là où je pense, son porridge dégueulasse !

— Ce n'est pas du porridge, lance-t-il avec ce qui ressemble à de la fierté.

Oui, eh bien, c'est pareil !

Je ne mangerai plus rien qui sorte de sa cuisine.

Il a tout de même essayé de m'empoisonner..., me dis-je en l'entendant déposer quelque chose sur ma table de nuit.

— J'ai effectué de multiples recherches la nuit dernière, mais je n'ai pas encore trouvé d'informations expliquant ce qu'il s'est passé.

Je croyais pourtant que le fait que je sois une vilaine anomalie boudinée résumait assez bien les choses !

— Je ne compte pas baisser les bras, et je résoudrai cette énigme, ajoute-t-il, résolu.

Je n'ai rien à faire au Paradis, voilà tout. Ça semble pourtant clair pour tout le monde et même pour moi !

— Betty, tu vas devoir te lever, dit-il en ouvrant mes rideaux.

— Pourquoi m'avoir choisie ? je demande en ouvrant les yeux, mais en restant dans la même position.

Je ne veux pas le regarder quand il m'expliquera qu'il a perdu un pari ou qu'il aime torturer les petites grosses.

Cette réflexion me rappelle l'affreux souvenir de mon premier baiser. Déjà, à l'époque, se moquer de moi était à la mode !

Thiméo…

Ses amis l'avaient mis au défi de sortir avec moi et c'est ce qu'il a fait avant de me l'avouer en riant.

Et comme si ça ne m'avait pas servi de leçon, j'ai remis ça avec mon Maître bien trop sexy ! *Les hommes ne changent pas, même au Paradis !*

— Parce que je ne pouvais pas me résoudre à ce qu'un autre puisse te revendiquer, m'explique-t-il platement.

— Me « revendiquer » ?

C'est quoi encore cette histoire ?! Il voulait que l'honneur de me torturer psychologiquement lui revienne, à lui ?

— Tu es mon apprentie, nous sommes liés. J'ai fait la promesse de prendre soin de toi, veiller à ta sécurité et à ton enseignement, récite-t-il à côté de moi.

— Je ne pense pas que m'empoisonner, m'insulter et me torturer psychologiquement soit la meilleure façon de veiller sur moi, je murmure sans bouger.

— La baie de Métis est une plante apaisante et relaxante pour les anges. Elle n'est aucunement un poison hormis pour les démons et je ne t'ai ni insultée ni torturée, termine-t-il, crispé.

— Je ne suis pas un démon. Je sais que mon physique n'est pas très avantageux, mais je ne suis que… moi.

— Je te l'ai déjà dit, je n'ai jamais pensé que tu étais un démon et je ne comprends pas ce que cela a avoir avec ton physique.

C'est vrai que je ne sais toujours pas à quoi ressemble un démon.

Si ça se trouve, je tire plus vers le gnome…

Je n'ajoute rien et reste immobile. Je ne souhaite pas parler avec lui de mon éventuelle ressemblance avec un gnome ou toute autre créature étrange.

— Je dois avouer que le fait que je n'arrive pas à lire tes émotions est très frustrant. Es-tu fâchée ?

— On ne peut rien vous cacher !

— J'ai comme l'impression que tu ne me diras pas pourquoi.

— Vraiment rien, effectivement !

— Betty, je ne suis pas très doué pour les devinettes.

— Ni pour l'humour, ni pour les relations sociales, ni…

— J'ai compris l'idée, me coupe-t-il.

Il soupire mais je n'ajoute rien. De toute façon, je ne vois pas l'intérêt de lui dire pourquoi je suis en colère, mis à part pour renforcer un peu plus mon sentiment de honte.

— Tu es encore mal à l'aise parce que j'ai dû te déshabiller ? me demande-t-il, ne comprenant visiblement pas où se situe le problème.

Je ne réponds pas. Je ne souhaite pas vraiment continuer cette conversation.

— La nudité n'est pas un problème au Paradis. Cela n'a pas la même signification que durant ton vivant. Le corps n'est qu'une enveloppe, un contenant pour ton âme, m'explique-t-il, pensant tenir la raison de ma colère.

Il faut croire que pour ma part, j'ai hérité d'une vilaine enveloppe kraft marron premier prix !

— Vous n'avez pas répondu à ma question : pourquoi m'avoir choisie ? je demande à nouveau, pour changer de sujet.

— Si, je t'ai dit que…

— Je sais ce que vous avez dit. Mais cela n'explique pas votre choix. En quoi le fait qu'un autre me revendique était un problème pour vous ? Cela aurait dû plutôt vous soulager, vous auriez dû choisir quelqu'un de plus « ange » que moi.

Je me tourne enfin pour le regarder.

— Je ne peux pas répondre à cette question, Betty, dit-il en plongeant son regard cobalt dans le mien.

Je n'aurais pas dû me tourner.

Comment un simple regard peut avoir autant d'impact sur moi ?

— Vous ne pouvez pas ou vous ne voulez pas ? je demande, agacée contre moi-même qui n'arrive pas à réprimer mes sentiments malgré la nuit dernière.

— Je ne veux pas.

Au moins, c'est clair !

Je ne sais pas si j'apprécie le fait qu'il n'ait pas la capacité de mentir ou non.

— Pourquoi ? je l'interroge, de plus en plus furieuse.

— Parce que tu n'es pas prête à entendre la réponse et que je ne suis pas prêt à te la donner, dit-il, le regard inflexible.

— Je ne crois pas que cela soit à vous d'en juger, surtout si cela me concerne directement.

— Tu es fâchée à cause du poison ?

Donc, finalement, il doute de lui et de sa première hypothèse. Je me redresse et constate avec plaisir que cette situation l'agace.

— Non, je souffle.

Il grimace, ses poings s'ouvrent et se ferment. Je ne vois pas comment il peut ne pas savoir ce qui m'a mise en colère !

Ses paroles me reviennent en mémoire. *Avec le temps, les anges ne ressentent plus d'émotions*. Mais là, tout de même !

— Je n'arrive pas à lire en toi, et tes réactions sont régies par tes sentiments, ce qui me complique réellement la tâche, dit-il, la mâchoire crispée.

— Pourquoi m'avoir choisie ? je l'interroge à nouveau, sans relever sa remarque précédente.

Il m'observe en silence, tend la main pour me caresser les cheveux, mais je recule avant qu'il ne m'atteigne.

— Je ne veux pas que vous me touchiez, je souffle en me rappelant douloureusement les événements de la veille.

Il baisse les yeux et la main.

— Tu es en colère parce que…

Il ne termine pas sa phrase. Il avale difficilement sa salive et se perd dans la contemplation de mes lèvres.

Je t'en veux parce que tu m'as jetée comme une vieille chaussette pourrie, et que, pour toi, il est inconcevable de me désirer sans que je ne t'aie jeté un sort ou je ne sais quoi !

J'ai envie de le lui hurler, mais je ne le ferai pas. Car ce serait lui avouer que j'ai des sentiments pour lui et il est hors de question que je me ridiculise davantage.

— Ce qui s'est passé n'aurait jamais dû arriver, reprend-il, à nouveau maître de lui, sur son ton froid et distant habituel. Je ne comprends pas comment cela a pu se produire.

— J'ai bien compris l'idée, je murmure en ravalant ma fierté.

— Tu ne dois en parler à personne, Betty, dit-il après une brève hésitation.

Oui, il ne faudrait pas qu'il se tape la honte devant ses potes anges parce qu'il a eu un moment d'égarement avec la petite grosse !

— Je ne comptais pas vraiment le faire.

Même les baleines ont un peu d'amour-propre !

Il inspire et souffle, visiblement soulagé que personne n'apprenne qu'il ait pu fantasmer quelques secondes sur un cachalot.

— Bien, puisque c'est réglé, il est temps que tu te lèves, ou tu vas être en retard pour ton deuxième jour de formation, lance-t-il avec un sourire étrange.

— C'est une blague ?! je lâche vivement.

J'ai failli y laisser ma peau, moi, hier !

Bon, j'exagère, mais au moins mes jambes et peut-être même mes poumons.

— Je ne comprends pas. Il n'y a rien de drôle dans ce que je viens de dire.

Décidément, l'ironie lui passe aussi au-dessus de la tête.

Mais qu'est-ce que je lui trouve à la fin ?!

Il est beau, mais ne possède pas de charme ravageur ni d'humour. Pourtant, je me sens inexorablement attirée par lui.

— Effectivement ! je souffle, furieuse à l'idée de ce qui m'attend.

Je grimace au souvenir des tours et des tours que l'on m'a fait faire. J'en ai tellement eu mal aux jambes que La Mort a dû me porter pour me ramener. Certes, il s'est téléporté, mais le résultat est le même, j'ai encore une fois fini dans ses bras.

— Je ne peux pas avoir un mot d'excuse, disant que je me remets à peine d'un affreux empoisonnement à la baie de Rétis ?

— Métis.

— Pardon ?

— Le nom de la baie est Métis, comme la première épouse de Zeus.

— Je n'étais pas hyper loin non plus !

— Il vaudrait mieux que ton empoisonnement reste également entre nous.

— Ça en fait des secrets, je souffle en me demandant si toutes mes anomalies ne me mettent pas en danger.

— Tant que nous n'avons pas plus d'informations ni d'explications sur ce qui provoque tes problèmes de comportement, je préfère que nous gardions tout ça pour nous.

— *Mes* problèmes de comportement ?! Qui me dit que c'est pas vous, les anomalies, après tout ? je sors, vexée.

— Non, Betty, ton comportement est humain, ce n'est pas celui d'un ange, et tu as des capacités qui appartiennent aux deux mondes.

— Je ne suis peut-être pas morte comme il faut et je n'ai pas achevé ma transformation !

Ses yeux bleus me jettent des éclairs tout à coup. L'aurais-je vexé en insinuant qu'il n'avait pas effectué son travail correctement ?

— Cela n'a rien à voir avec ta mort, tout a été fait comme l'exige le protocole.

— C'est amusant, mais je suis certaine d'avoir aperçu un peu d'irritation à l'instant.

— Je ne comprends pas ton amusement.

— Ni l'ironie, visiblement… Ce que je veux dire, c'est que pour une personne qui n'est pas censée ressentir quoi que ce soit, je vous trouve bien soupe au lait !

— Plus je suis en ta présence, plus je suis sensible aux… émotions, avoue-t-il.

Est-ce que c'est ce dont il parlait cette nuit ? Je lui donne des émotions comme d'autres donnent la grippe ?

Je fronce les sourcils et me dis que cela m'étonnerait qu'il ne ressente pas d'attirance envers les femmes, ni de désir, habituellement. Mes yeux balaient son corps et je n'y crois pas une seconde. C'est un homme d'expérience, c'est évident. Je dois arrêter de chercher des excuses et des explications là où il n'y en a pas. Je ne lui plais pas, point final.

Je décide de changer de sujet et repars sur notre précédente conversation.

— Dieu, c'est Zeus ? je demande en me disant que cette partie de la mythologie, je la connais.

— Non, Zeus a été Dieu, mais ne l'est plus.

Je me rappelle tout à coup ce que La Mort m'a expliqué hier avec les histoires d'élections.

— Il a perdu les élections ?

— Pas vraiment, répond-il, énigmatique, avec un léger sourire.

— Je n'en saurai pas plus, n'est-ce pas ?

Il tient farouchement à tous ses petits secrets. Autant qu'à ses horloges !

— Effectivement, sort-il, maintenant amusé.

Il n'ajoute rien, jette un regard au plateau-repas et s'en va. La porte se referme et je jette un coup d'œil lugubre au plateau posé sur ma table de nuit à mon tour. Un muffin au chocolat, un verre de jus d'orange et une rose rouge dans un petit vase transparent. Tout cela ressemble à un petit déjeuner d'excuse, je crois. Je n'en ai jamais eu, mais dans mon esprit de grande romantique, c'est à cela que ça ressemble. Du bout du doigt, je pousse le muffin au chocolat.

Il a l'air appétissant…

Le jus d'orange me semble également normal, mais j'hésite. Finalement, je décide de ne pas y toucher. Je ne pense pas que mon estomac résiste à une nouvelle attaque, ni mon honneur à un nouveau malaise. Je me lève et attrape de quoi me vêtir dans mon armoire.

Vu que nous partons sur un deuxième jour de formation, j'opte pour un jogging noir, un débardeur et un sweat assorti. Je jette un nouveau coup d'œil au petit déjeuner et file dans la salle de bains. Je prends une seconde le temps de m'observer dans le miroir et comme pour me rappeler cette nuit, tous mes défauts me sautent aux yeux.

Un bourrelet par-ci, un autre par-là, une peau imparfaite, des cheveux ternes… Même mes très communs yeux marron me semblent hideux ! Je n'ai jamais cru que j'étais belle, mais je n'ai jamais pensé que j'étais moche à ce point-là.

Est-ce qu'un jour je rencontrerai quelqu'un qui me trouvera belle et n'aura pas la nausée lorsqu'il devra me toucher ?

Je ne pense pas. Je ne connaîtrai certainement jamais la sensation que ça fait d'être aimée.

J'allume l'eau, le moral au plus bas, et me lave, l'esprit tourné vers des rêves qui ne se réaliseront jamais.

Je suis une anomalie au Paradis.

Les mains crispées sur l'évier de la cuisine et le regard perdu dans le vague, je me demande si finalement je ne devrais pas répondre à la question de Betty. Peut-être que si elle savait, les choses seraient plus simples. Ou pires.

Elle n'aime pas être ici. Elle me déteste. Et le temps ne semble rien arranger. Mes efforts sont vains ou ne font qu'accentuer sa haine envers moi.

Je ne pensais pas que cela serait aussi difficile…

Il faut dire qu'inconsciemment, je lui en donne des raisons ! Je relâche doucement ma prise et me redresse, furieux contre moi, contre mon manque de contrôle de cette nuit et contre tous ces sentiments qui me submergent.

J'ai passé des millénaires complètement anesthésié et il a suffi que je pose les yeux sur elle pour que tout cela s'évapore. Le problème, c'est que je ne sais absolument pas gérer tout ça et que cela devient un handicap dans ma quête.

Si les anges ne ressentent rien, c'est qu'il y a une raison. J'en suis la preuve avec mon esprit embrouillé et complètement obsédé par Betty, sa peau douce, ses cheveux soyeux…

Ses courbes affolantes…

Je jure quand mon corps me trahit à nouveau. Je regarde avec une grimace la bosse de mon entrejambe et me demande, encore, comment cela est possible. Il semblerait que mon corps ait découvert cette nuit ce que l'on appelle le désir. Encore un mystère supplémentaire à ajouter à la longue liste des capacités particulières de ma nouvelle apprentie ! Car s'il y a bien un sentiment que les anges ne ressentent pas, c'est celui-là. Les seuls capables de le ressentir sont les anges qui ont uni leurs âmes, ce qui est excessivement rare, d'où le peu de naissances au Paradis.

Le problème, c'est que Betty et moi, nous ne sommes pas unis, et que ce sentiment ne semble pas réciproque.

Enfin, je ne crois pas…

Je grogne de frustration. Je me suis tellement reposé sur mes pouvoirs que je suis incapable de savoir ce qu'elle peut ressentir. J'ai beau me concentrer, rien ne fonctionne avec elle.

Si elle me désirait elle aussi, pourquoi refuserait-elle que je la touche ?

Je dois me reprendre, je ne peux pas laisser filer ma chance. Je jette un coup d'œil à l'heure et vais voir où elle en est. Je râle mentalement à l'idée de devoir l'amener à sa journée de formation. Si je pouvais la garder pour moi, je le ferais, mais cela éveillerait des soupçons sur mes réelles intentions.

J'arrive devant sa porte et me demande quelle attitude adopter. Je décide de me montrer doux et diplomate. Je tape à sa porte, pas de réponse. Je tends l'oreille et constate qu'elle prend sa douche, je rentre donc sans y être invité. Je fronce les sourcils lorsque je constate qu'elle n'a pas touché au plateau. Je vérifie rapidement dans ma mémoire si je ne me suis pas trompé, mais non, mes archives sont formelles : vivante, elle prenait son petit déjeuner à la boulangerie sur le chemin de son travail. Celui-ci se composait dans quatre-vingt-deux pour cent des cas d'un muffin au chocolat et d'un jus d'orange.

Alors pourquoi n'y a-t-elle pas touché ? Elle souffre peut-être encore des effets du poison…

Ma mauvaise conscience me tiraille à nouveau. J'ai détesté me sentir à ce point impuissant face aux effets dévastateurs de la baie. Je n'arrive toujours pas à comprendre la violence de sa réaction. J'ai fait quelques recherches, mais n'ai rien trouvé de très concluant.

Betty est un être à part, me dis-je à l'instant même où elle sort de la salle de bains.

Elle est incroyablement belle. Ses cheveux châtains sont encore mouillés. Ses doux yeux marron semblent perdus dans le vide et ses lèvres roses m'appellent. Je ferme mes poings et me crispe. Plus le temps passe, plus il me devient difficile de me contrôler.

Dès qu'elle m'aperçoit, elle se fige et je me renfrogne.

— Pourquoi tu n'as pas touché à ton petit déjeuner ? Tu es encore malade ? je l'interroge, inquiet.

J'ai pris soin de vérifier que le poison avait quitté son organisme, mais ai-je été assez vigilant ?

— Je… je me sens encore barbouillée, me dit-elle, le regard perdu dans la contemplation du sol.

Je n'ai pas besoin de mes pouvoirs pour savoir qu'elle ment.

— Vraiment ? je demande, sans cacher que je n'y crois pas une seconde.

— J'ai l'estomac… sensible.

Qu'est-ce qu'elle ment mal ! Même moi qui n'en ai pas la capacité, je m'en tire mieux qu'elle…

— Sensible ?!

Je vérifie rapidement dans mes archives et constate qu'effectivement elle ment. Aucun problème gastrique n'apparaît sur sa fiche de son vivant.

— Oui, miaule-t-elle presque.

— Betty, tu dois manger pour reprendre des forces, je lui explique.

Je ne comprends pas pourquoi elle n'en a pas voulu. Je me suis pourtant assuré que ce soit des aliments qu'elle apprécie et qui correspondent à sa précédente alimentation.

— Je n'ai pas très faim, essaie-t-elle avec une grimace avant de lorgner le gâteau.

— Il faut que tu te forces, je lui dis en sentant que nous allons avoir de la visite.

Je me concentre sur les âmes qui nous entourent et comprends bien avant qu'ils ne me l'expliquent le but de leur visite.

— Mange, je lâche avant de quitter la chambre pour accueillir nos invités inopinés.

J'ouvre la porte avant même qu'ils aient eu le temps de frapper.

— Vous vous déplacez en famille, maintenant ? je me moque en guise de bonjour.

Métatron et Mickael me lancent un regard noir et j'en conclus qu'ils n'ont pas apprécié ma blague. Sans attendre d'y être invités, ils entrent dans ma chaumière. J'observe, surpris, Métatron qui semble chercher quelque chose… Rectification, *quelqu'un* du regard. Je sens sa gêne et sa curiosité à plein nez, comme lors de la cérémonie du choix.

Pourquoi ressent-il cela pour Betty ?

Je me concentre sur lui, mais me heurte à un mur. Il m'a repéré. Tout s'efface d'un coup.

— Je ne crois pas que le moment soit bien choisi pour me sonder, Azraël, dit-il froidement.

— Je prends à cœur tout ce qui touche mon apprentie, de près ou de loin, je lui lance en guise de menace.

Betty est à moi. Je sais qu'il la voulait comme apprentie, mais j'ai clos le débat en faisant valoir ma position.

— Je suis ravi de voir à quel point tu prends ton rôle à cœur, murmure-t-il, crispé.

Cela demande beaucoup de concentration, même pour lui, d'échapper à mon pouvoir. Je n'ajoute rien, je veux qu'ils partent au plus vite. Betty nous espionne déjà dans le couloir et je suis certain qu'elle n'aura pas touché à son gâteau quand l'entrevue sera terminée.

— Trêve de politesse, un de nos espions aurait eu vent de la présence de Tania en Enfer.

Avant d'entamer une riposte, j'ai besoin que cette information soit vérifiée.

— Elle n'y est pas, je réponds sans attendre.

— Es-tu sûr… ?

— De moi ? je le coupe.

Être Dieu ne lui a de toute évidence pas ouvert les portes de l'intelligence.

— Pourquoi nous aurait-on donné des informations erronées ? demande Métatron. Cela n'a aucune logique.

— Il est connu que cela fait plusieurs années que certaines personnes semblent vouloir rompre la paix précaire entre le Paradis et l'Enfer, je lui rappelle.

— Les élections auront bientôt lieu et, comme toujours, cela est source de tension, murmure Mickael, perdu dans ses réflexions.

— Le résultat est le même, Tania n'est pas en Enfer. Vous avez votre réponse, il ne vous reste plus qu'à partir.

— Uriel a eu vent de cette information, m'indique Métatron en regardant discrètement en direction du couloir.

Betty a été repérée !

— Je n'irai pas, je réponds avant même que l'on me pose la question.

— Il ne s'agit pas d'une demande, sort Mickael un peu trop fier.

— Je comprends mieux pourquoi vous êtes venus à deux ! je lâche, un sourcil relevé.

— Cela ne te prendra que très peu de temps et Uriel sera satisfait, argumente-t-il.

— Mon programme de la journée est déjà complet. Les Maîtres sont dans l'obligation d'assister à la formation de leur apprenti. C'est la loi, je vous rappelle.

— Heureusement que Dieu est compréhensif, il vient de te donner un passe-droit ! Métatron se chargera de ton apprentie, donc tu peux prendre le temps qui est nécessaire aux recherches de Tania.

Mon regard navigue entre eux et le couloir. Je ne peux m'opposer à sa demande et il le sait. Je n'ai aucune confiance en Métatron. Je ne comprends pas son intérêt pour Betty et cela n'a rien de rassurant. Je suis obligé de la laisser pour me rendre en Enfer et cela ne me dit rien qui vaille.

— Puisque je n'ai pas le choix, je souffle.

— Je vais attendre l'apprentie devant, dit Métatron en guise d'au revoir.

Mickael ne se fait pas prier et le suit en silence. Une fois la porte refermée, je lance :

— Ne t'en fais pas, je ne serai pas long.

— J'espère que l'on retrouvera Tania, me répond Betty qui ne prend même plus la peine de se cacher.

— Il est évident que tu ne sortiras pas tant que tu n'auras pas mangé ton petit déjeuner.

— Vous avez conscience que je n'ai absolument aucune envie d'y aller ? Parce que votre menace tombe carrément à l'eau, là.

Je souris et dis finalement :

— Je n'aurais aucune mauvaise conscience à te faire manger de force, Betty.

Comme je m'y attendais, elle se met à grogner et finis par retourner dans sa chambre en râlant.

Juste quelques heures loin d'elle vont être un enfer !

13

Elle court, elle court la rumeur

Je hais courir. C'est officiel, je déteste ça et j'ai décidé que cela ne servait à rien !

— Betty, accélère ! me hurle le sergent-major appelé également Chamuel.

Je ne comprends pas, ou plutôt, je trouve injuste de continuer de courir alors que les autres se battent avec des bâtons. Je ne suis pas passionnée par l'idée d'en faire autant, mais l'activité me semble bien plus intéressante.

Et puis j'aurais tellement aimé cogner un peu sur Tristan…

De plus, je ne vois pas en quoi courir me permettra de me défendre contre les affreuses forces du mal ! Je grimace quand je pense à La Mort qui est parti en Enfer pour retrouver Tania. Je ne devrais pas être inquiète pour lui ni penser à lui, mais c'est plus fort que moi.

Pourtant ce n'est pas dû à son charme légendaire !

Il m'a tout de même forcée à avaler le muffin et le jus d'orange avant de me laisser à un tueur en série (je ne sais pas si c'en est vraiment un, mais en tout cas il en a le physique !). Je lui jette un coup d'œil à la dérobée et un frisson me parcourt quand je croise son regard. Il fait bien deux mètres, a une cicatrice sur tout le côté droit de son visage et m'observe étrangement de ses yeux marron.

Certainement encore un qui pense que je n'ai pas ma place ici !

En tout cas, il s'est bien gardé de me le dire, ce qui change des autres personnes que j'ai rencontrées jusque-là. D'un autre côté, ce n'est pas non plus un grand bavard. Pas de téléportation avec lui, nous avons donc marché en silence. Un silence étrange et gênant.

Je vois que Chamuel est retourné, j'en profite pour ralentir un peu, voire beaucoup.

— Betty ! crie-t-il sans autre mesure.

Bon sang, mais il a des yeux derrière la tête, ou quoi ?!

Je repars, mais n'accélère pas franchement. Tel père, tel fils ! Cette famille m'en veut personnellement, c'est évident ! Mon cœur se serre quand je pense à la seule personne qui ait été un peu gentille avec moi, Tania.

Je me demande où elle est…

Selon La Mort, elle n'est ni au Paradis ni en Enfer. Selon un informateur de Dieu, elle serait en Enfer. Pour ma part, je trouve tout cela étrange et espère simplement qu'elle va bien.

Mes pensées se tournent immédiatement vers le plus grand optimiste que je connaisse, La Mort. Il est persuadé qu'elle ne va pas bien puisqu'il ne la sent plus.

Pourvu qu'il ait tort…

— Allez, Betty, dernier tour ! me lance Chamuel pour ma plus grande joie.

Si je n'avais pas si mal aux jambes, j'en sautillerais ! Je me concentre sur les derniers mètres et me demande avec qui je vais tomber pour l'exercice du bâton. Je me rends compte alors que plus personne n'est disponible. Je vois un apprenti faire un salto arrière pour échapper à un coup et me dis que j'opterais bien pour le nain. Niveau physique, on n'est pas trop mal… mais sa façon de nettoyer les couteaux ne me dit rien qui vaille. Il crache sur une lame rutilante aussi grosse que lui et j'en arrive à la conclusion que je devrais commencer seule, histoire d'avoir le bâton bien en main et de le maîtriser un peu avant de passer au duel ! Dans tous les cas, ça ne peut pas être pire que de courir.

Allez, plus que quelques minutes, Betty…, je me motive.

Mes jambes sont trop lourdes et malgré l'euphorie à l'idée d'arrêter enfin de courir, elles ralentissent encore. Les derniers mètres me semblent interminables !

Je m'arrête devant Chamuel à bout de souffle, les jambes et les pieds en compote, mais ravie d'en avoir enfin fini. Les mains sur les cuisses et le dos voûté, je reprends peu à peu mon souffle.

— Ne lambine pas, Betty, et commence tes pompes ! m'accueille-t-il.

— Mes… *pompes* ? je répète en me disant que l'effort et le manque d'oxygène me provoquent des hallucinations auditives.

— Oui, tes *pompes* !

— Mais…

Je suis fatiguée. Et je ne suis pas certaine de savoir faire ça ! Il ne faut pas des muscles pour y arriver ? Les miens ne sont pas très développés !

— Betty, exécution ! hurle-t-il.

Je sursaute et finis par me coucher par terre sur le ventre. Je mets mes mains de chaque côté de ma tête, joins mes pieds et tente de me soulever.

J'en fais une, plutôt satisfaite, avant que Chamuel m'interroge :

— Mais qu'est-ce que tu fais ?

Je réfléchis à ma position et ne comprends pas sa question. J'ai poussé sur mes bras et mes pieds pour me soulever. En gros, j'ai fait une pompe ! Et j'ai déjà mal aux bras !

— Tes fesses, Betty ! me lance-t-il.

Quoi, mes fesses ? Elles sont grosses, et alors ?

— Pourquoi tu les mets en l'air ? me demande-t-il.

Là, j'avoue que je n'ai pas de réponse à cette question. Je ne sais pas quoi en faire moi de mes fesses ! C'est pas comme si je pouvais m'en débarrasser d'un claquement de doigts non plus.

— Tristan ! crie-t-il, ce qui me fait sursauter.

L'intéressé arrive en courant dans notre direction.

Je ne vois pas en quoi le blondinet va pouvoir m'être utile avec mes fesses !

— Apprends à Betty comment faire des pompes, lui ordonne-t-il avant de nous laisser en chien de fusil.

Non mais c'est une blague ?!

Je le regarde, il me regarde.

J'ai comme l'impression que ça va mal finir…

— Couche-toi sur le ventre, me dit-il.

Je suis surprise par son attitude. Je me rends compte qu'il ne m'a pas adressé la parole aujourd'hui. Il ne m'a même pas appelée *renata*, rien.

Bizarre…

— Tu es malade ? je lui demande, inquiète malgré moi de son attitude.

— Non.

Il ne dit rien de plus et attend visiblement que je m'exécute.

— Pourquoi tu es comme ça ? je l'interroge, ne me sentant pas des masses en confiance tout à coup.

— Et toi, pourquoi tu ne m'écoutes pas tout simplement au lieu de poser des questions ?

— Je te trouve étrange…

— Moi aussi, mais je ne te le fais pas remarquer ! lâche-t-il avant de reprendre plus doucement, Betty, mets-toi en position.

— Tu ne m'appelles plus *renata* ?

Il soupire et prend visiblement beaucoup sur lui pour ne pas m'envoyer bouler. Ses bras le long du corps, ses poings s'ouvrent et se referment.

— Couche-toi sur le ventre, répète-t-il de plus en plus tendu.

Il manque cruellement de patience, ce garçon !

— Tu es vraiment étrange.

— Tu sais ce que je trouve étrange, Betty ? C'est que mon Maître m'ait puni pour notre petite altercation, mais visiblement, pas le tien.

— Il l'a fait ou en tout cas, il m'a…

Je ne finis pas ma phrase, je trouve ridicule de dire qu'il m'a grondée !

— Alors c'est vrai, souffle-t-il en me regardant curieusement.

Je secoue la tête, ne comprenant pas où il veut en venir.

— Agné dit vous avoir vus vous enlacer dans la rivière la nuit dernière.

Ça, c'est embêtant!

Je ne sais pas trop quoi dire. Je ne peux pas lui raconter l'histoire du poison, car La Mort me l'a interdit. De plus, quelque chose me dit que Tristan n'est pas la meilleure personne à qui faire des confidences.

— Tu ne réponds rien, Betty, souffle-t-il, visiblement satisfait de l'effet que sa petite révélation a sur moi.

— Il n'y a rien à répondre, je dis tout bas.

Il se met à genoux, approche son affreux visage de mon oreille et me murmure :

— Je ne comprenais pas pourquoi l'ange le plus puissant t'avait choisie comme apprentie. Mais les choses finissent toujours par se savoir. Être l'âme sœur de La Mort possède certains avantages, n'est-ce pas ? Comme devenir un ange alors que tu n'en as pas les capacités !

« Âme sœur » ?! Mais qu'est-ce qu'il raconte ?

— Tu n'étais pas au courant ? lance-t-il avec un grand sourire, à la fois surpris et fier.

Je l'observe en silence et avale avec difficulté ma salive. Je ne le crois pas. Pourquoi me rejetterait-il s'il était mon âme sœur ?

Cette pseudo-révélation n'a aucun sens. Tristan essaie juste de me déstabiliser, j'en suis certaine.

— Par contre, je ne comprends toujours pas comment tu as réussi à passer l'Enfer. Âme sœur ou non, tu n'as pas le niveau. À moins que...

Il fait une pause, plonge ses yeux de fouine dans les miens et reprend :

— À moins qu'il ait trouvé le moyen de t'aider ?

— Je n'aime pas tes insinuations, je souffle.

— Non, car tu sais que si cela se trouvait être la réalité, vous finiriez tous les deux damnés.

Une étrange lueur illumine son regard.

Je n'aime pas ça du tout.

— Allez, Betty, je suis sûr que tu peux y arriver, dit-il avec un sourire d'encouragement qui sonne faux.

J'aperçois son père qui semble satisfait de notre collaboration factice et me demande si le père et le fils possèdent véritablement la même mentalité.

— Regarde-toi, tu ne sais même pas faire des pompes, tu crois que vous allez pouvoir leurrer le monde encore longtemps ?

— Je crois que ton Maître ne t'a visiblement pas puni assez fort ! je crache entre mes dents.

Il me sourit et lâche :

— Tes heures sont comptées, profite du temps qu'il te reste avec... ton âme sœur, finit-il en jetant un coup d'œil à La Mort qui vient d'arriver.

Je l'observe à mon tour et me sens rassurée de le voir de retour. Je ne m'étais pas aperçue que cela m'inquiétait autant de le savoir en Enfer.

Est-ce qu'il pourrait vraiment être mon âme sœur ?

Je n'ai aucune confiance en Tristan, mais quelque chose dans cette idée me plaît.

La Mort me scrute avec attention. Il semble encore plus sombre que d'habitude. Ses bras sont croisés et son regard est tellement fixe sur moi qu'il me brûle presque.

Est-ce qu'il a eu des nouvelles de Tania ? Si c'est le cas, elles ne semblent pas bonnes…

— Betty, c'est pas l'heure de la sieste ! hurle le géniteur de la fouine à côté de moi.

Je l'avais oublié celui-là !

Le regard perdu dans le vide, je réfléchis aux informations que j'ai glanées en Enfer. J'avais raison, la fille d'Uriel n'y est pas, mais ce n'est pas cela qui a retenu mon attention.

Quelque chose se prépare…

Les prochaines élections semblent aiguiser les esprits et mon intuition me dit que cela ne vient pas forcément de là où on l'attend.

Betty fait ce qui doit être, pour elle, une pompe sous le regard moqueur de Tristan. J'ai très envie de lui arracher la tête à celui-là !

Je soupire et me demande si ce que j'ai découvert est vrai. Cela expliquerait bien des choses, mais je me méfie des rumeurs.

— Tu n'as rien découvert de nouveau concernant Tania ? m'interroge Uriel, inquiet.

Son angoisse est tellement prononcée que ça rend l'air presque irrespirable.

— Non, personne ne savait qu'il y avait eu une disparition, et si elle y avait été j'aurais senti sa présence.

Il souffle et se passe les mains dans les cheveux. Sa femme est décédée lors de la précédente guerre et son attachement à sa fille n'est un secret pour personne. Je suis même étonné qu'il ait accepté qu'elle fasse la formation pour devenir ange gardien tellement son instinct de protection est développé.

— Je n'aurais pas dû accepter qu'elle suive cette formation, dit-il tout bas, les yeux fixés au sol.

Qu'est-ce que je disais…

C'est agaçant qu'il me soit aussi facile de lire dans tout le monde sauf Betty. Cela serait tellement plus simple si je possédais les mêmes capacités avec elle.

— As-tu eu d'autres informations ? m'interroge Métatron au moment où Betty s'écrase au sol après ce qui ressemble vraiment à une pompe, cette fois-ci.

Il tourne rapidement la tête, l'observe et reporte à nouveau son attention sur moi.

Intéressant…

— Rien que je juge opportun de répéter ici, je dis en le fixant.

C'est fugace mais je sens de l'inquiétude émanant de Métatron. Il se reconcentre et cela disparaît aussi vite que c'est venu.

Betty, que me caches-tu encore ?

Parfois les rumeurs ne sont pas que des rumeurs…

14

Les anges se baignent à minuit

— Je trouve cette situation étrange, je lance, perplexe, avec les fesses dans la rivière et La Mort qui masse mes bras.

— Tu comprendras que je ne préfère pas réutiliser la tisane, c'est donc moins efficace, peut-être plus étrange, mais c'est la seule solution que j'ai trouvée pour soulager tes muscles.

— Je n'avais jamais fait de pompes jusque-là, je ne pensais pas que cela pouvait être aussi douloureux !

— Tu n'étais pas très sportive de ton vivant et aujourd'hui tu le paies, tout simplement.

— Pourtant avant de mourir j'ai fait un régime draconien et j'allais à la salle de sport ! je chouine, au moment où il enfonce ses doigts dans un muscle douloureux au niveau de mes épaules.

— Deux mois sur toute une vie, c'est peu !

— Je ne pensais pas mourir si jeune ! je me défends. Il me restait tant de choses à accomplir…, je souffle, rêveuse. Aïe ! je m'écrie quand ses doigts se crispent soudain trop fort.

— Désolé, murmure-t-il.

Je passe mes mains sous l'eau, l'esprit encore embrouillé par les pseudo-révélations de Tristan.

— Agné nous a vus dans la rivière la nuit dernière.

— Agné, qui fait la formation avec toi ?

— Il y a plusieurs Agné ? je l'interroge, surprise.

— C'est un prénom assez courant par ici.

— Oui, je crois que c'est d'elle qu'il s'agit.

— Qu'est-ce qu'elle faisait dehors à une heure aussi tardive ?

— Je n'ai pas demandé.

— C'est bizarre.

— Je crois que ce qui lui a semblé bizarre, c'est de nous voir dans la rivière !

— Pourquoi ?

— Parce qu'il faisait nuit.

— Cela n'a rien de logique.

Je soupire, agacée qu'il ne comprenne pas où je veux en venir. Sauf que je ne souhaite pas non plus partager avec lui la rumeur qui court à notre sujet. Car, selon moi, il ne s'agit que d'une rumeur.

Et si ce n'était pas le cas, je m'interroge en plongeant mes mains dans l'eau.

— Tu es ennuyée par cette histoire ? me demande-t-il, incertain.

— C'est juste que…

J'hésite, mais cela le concerne également, après tout, donc je ne suis pas certaine que ce secret m'appartienne en intégralité.

— Il y a des rumeurs, je dis doucement.

— « Des rumeurs » ? répète-t-il, visiblement amusé.

— Oui.

— Et que disent ces « rumeurs » ?

— Que si je suis au Paradis, c'est parce que…

Je me mords la lèvre.

Bon sang, c'est hyper gênant !

— Parce que ?

— Parce que nous sommes âmes sœurs, je lance. Mais c'est ridicule ! j'ajoute rapidement.

— Que nous soyons âmes sœurs, ou que tu sois au Paradis à cause de cela ?

Super ! Je réponds quoi, moi, maintenant ?! Pourquoi j'ai lancé cette conversation gênante qui n'a certainement même pas lieu d'être ?

Je triture nerveusement mes mains dans l'eau et réfléchis à ce que je dois dire.

— Tu ne souhaites pas répondre à cette question ? me demande-t-il, sentant *a priori* mon malaise.

Je me mords la lèvre et pense que ne rien dire équivaut à un aveu de mes sentiments. Mon cœur s'accélère, rongé par l'angoisse d'être prise à mon propre jeu.

Je n'aurais jamais dû parler de ça !

— Dieu choisit une partie des participants, d'autres sont volontaires et certains sont tirés au sort afin que l'équilibre et l'équité soient respectés, m'explique La Mort. Toi, tu as été tirée au sort. Je n'ai pas le pouvoir de choisir qui sera apprenti ou non, ni de donner un nom. Donc la rumeur est fausse.

— Tristan pense que si j'ai passé l'Enfer, c'est parce que l'on m'a aidée.

— Non, Betty, tu l'as fait toute seule. Je ne t'ai pas aidée.

— Je sais, mais…

Je ne termine pas, car je ne sais pas comment expliquer mon sentiment. Que ce soit vrai ou pas, cette rumeur est dangereuse.

— Tu as peur que les autres y croient ?

Je hoche la tête pour toute réponse.

— Même si je l'avais voulu, je n'aurais pas pu, dit-il en arrêtant de me masser.

Je baisse la tête et constate qu'il n'a fait aucunement référence à l'histoire des âmes sœurs. Ce sujet le gêne peut-être lui aussi ? Et vu ce qui s'est passé la nuit dernière, je ne suis pas sûre de vouloir le remettre sur le tapis.

— Tout ça ne nous dit pas ce que faisait Agné dehors à cette heure-là, lance-t-il.

Je souris, satisfaite de voir que l'histoire des âmes sœurs est visiblement enterrée. Il se déplace et vient se positionner devant mes jambes. Je me demande un instant ce qu'il fait et comprends quand il pose ses mains sur mes pieds.

— Tous les Maîtres massent leurs apprentis ? je l'interroge, avant d'enfoncer mes dents dans ma lèvre inférieure.

— Chacun fait comme bon lui semble, répond-il, énigmatique.

— Tristan a été puni pour notre altercation.

— J'en suis ravi. Il n'avait pas à avoir un tel comportement envers toi.

— Il était surpris que vous n'en ayez pas fait de même avec moi.

— Je t'ai réprimandée ! se défend-il.

Je l'observe, un sourcil relevé.

— Je ne pense pas que Chamuel ait simplement réprimandé Tristan, je dis en admirant malgré moi cet homme qui met tant d'énergie à prendre soin de moi.

Je dois me l'avouer, il a toujours de petites attentions envers moi, comme le muffin, ma chambre et maintenant ce massage. Il souffle le chaud et le froid. Il est aussi agaçant et autoritaire qu'attentionné et attentif.

En plus, il est tellement beau à la lueur de la lune. Comment ne pas tomber amoureuse d'un homme pareil?

— Crois-moi, tu n'apprécierais pas les méthodes de Chamuel, donc sois satisfaite de mes réprimandes !

— Je n'ai pas dit que je ne l'étais pas ! je sors en pensant qu'il ne faudrait pas que ça lui donne des idées.

— Une chose que je ferais correctement ? demande-t-il avec un sourire à faire fondre ma culotte.

— Il... Je veux dire que parfois vous savez vous montrer... agréable, je bégaie tant bien que mal en fixant l'eau sombre.

— Agréable, murmure-t-il comme s'il appréciait chaque syllabe de ce mot.

Je ne dis plus rien, ferme les yeux et me laisse porter par ce moment. Je veux qu'il reste dans ma mémoire, cet instant où pour une fois j'ai l'impression d'être au Paradis.

Agréable, je me répète mentalement.

Je le prends comme une victoire, un encouragement à mes efforts pour lui plaire. Je souris quand ses beaux yeux marron se ferment.

Elle aura toujours mal aux muscles demain, mais au moins elle pourra marcher, me dis-je en la prenant dans mes bras pour nous téléporter à notre chaumière.

Je me fige quand je sens que nous ne sommes pas seuls.

— Métatron, je murmure, pas réellement surpris de sa visite.

Je couche Betty dans son lit, l'enroule dans une serviette pour sécher son corps encore humide, ferme les rideaux de sa fenêtre et rejoins mon invité surprise dans le salon. Je le retrouve assis nonchalamment sur le canapé avec un verre à la main.

— Il ne me semblait pas que nous ayons prévu de nous voir ce soir, je lui dis en sachant pertinemment pourquoi il est là.

Betty… Il vient pour elle, mais je ne le laisserai pas l'emmener loin de moi sans me battre et il le sait.

— Je suis sûr que tu savais que j'étais là et même que tu attendais ma visite, souffle-t-il, le regard perdu dans la contemplation de son verre.

— Elle reste, je sors, inflexible.

— Arriveras-tu à la protéger lorsque l'on découvrira son identité ?

Ma mâchoire se crispe, mes poings le long de mon corps se ferment, prêts à cogner si nécessaire.

— Au péril de ma vie, je grogne.

— C’est ce que tu vas perdre si tu t’entêtes.

— S’agit-il d’une menace ?

— Pas de ma part.

Il se passe une main sur la nuque et reprend :

— Quand ils découvriront que Tania n’est pas celle qu’ils recherchent, ils ne mettront pas longtemps à s’intéresser à Betty. J’ai réussi à la cacher durant toutes ces années et j’ai la fâcheuse impression que mes efforts sont vains aujourd’hui.

— C’est toi qui as mis son nom, n’est-ce pas ?

Il bondit du canapé et je sens du dégoût et de la colère l’entourer.

— Tu crois vraiment que c’est ce que je souhaitais ?! hurle-t-il.

— Visiblement, non. Ce qui signifie que quelqu’un d’autre connaît notre petit secret.

Silence. Je n’avais jamais vu Métatron dans cet état. Il est perdu, en colère, inquiet… Je secoue la tête pour ne pas me laisser submerger par toutes les émotions qu’il déploie d’un coup.

— Qui sait, pour Betty ? je l’interroge, pour qu’il se concentre à nouveau et se calme.

— Personne ne sait qui elle est. Il y a des rumeurs sur son existence, mais ça s’arrête là. Comment l’as-tu appris ?

— Il ne m’a pas fallu beaucoup de temps pour faire le rapprochement. Beaucoup de monde en Enfer parle de l’enfant que l’on a volé au diable.

Il commence à faire les cent pas et me sort :

— Tu dois la laisser partir.

— Non.

— Tu ne comprends pas ! Dès qu'ils sauront…

— Personne ne le découvrira et si c'était le cas, je ne laisserais personne lui faire le moindre mal !

— Tu n'arriveras pas à la protéger. On ne sait même pas où est Tania !

— On la retrouvera.

— Je ne sais pas si ça serait une bonne chose.

— Parce que tout le monde apprendrait l'histoire de l'enfant mi-ange, mi-démon ? Tu penses vraiment que les gens y croiront ? Une simple rumeur ! Ils n'ont aucune preuve et n'en auront aucune.

— Il est vrai que Betty ne pousse pas à la méfiance.

— Et pourtant, elle est d'une puissance colossale !

Elle a également un caractère bien trempé, pour mon plus grand malheur, j'ajoute mentalement.

— Vraiment ?

Je souris face à son interrogation et à ses yeux qui respirent la fierté. Il se renfrogne et dit :

— Raison de plus pour que personne ne sache qui elle est.

— Les gens pensent qu'elle est ici parce qu'elle est mon âme sœur. Personne ne la soupçonnerait d'être la fille du Diable !

— Effectivement, cette histoire d'âme sœur peut être autant bénéfique que néfaste.

— Ils mettent en doute le bien-fondé de sa nomination en tant qu'apprentie.

— Même moi je me demande comment elle a réussi à passer l'Enfer, me lance Métatron les sourcils froncés.

— Je crois bien que cela n'avait rien de conventionnel. Il semblerait même qu'elle ait atterri dans le salon de Hadès ! je sors, amusé malgré moi de cette anecdote.

— Hadès ?! répète-t-il, à nouveau inquiet.

— Personne ne se doute de son identité et encore moins Hadès. Et au Paradis, personne n'a eu vent de son existence.

— Le Diable ne lâchera jamais l'affaire, et cela m'étonne que ce secret ne soit toujours pas connu au Paradis.

— Faisons en sorte que cela dure, je conclus, bien décidé à ne rien laisser arriver à Betty.

Pour Betty, je donnerai ma vie, mon âme, tout…
Rien ni personne ni même le Diable ne nous séparera.

Remerciements

Merci à tous ceux qui ont cru en moi avant moi et qui continuent de me soutenir.

Achevé d'imprimer en février 2019
Par CPI Brodard & Taupin à La Flèche
N° d'impression : 3032729
Dépôt légal : mars 2019
Imprimé en France
81123964-1